Si te comes un limón
sin hacer muecas

Sergi Pàmies

Si te comes un limón sin hacer muecas

Versión del autor

EDITORIAL ANAGRAMA
BARCELONA

Título de la edición original:
Si menges una llimona sense fer ganyotes
Quaderns Crema
Barcelona, 2006

La traducción de esta obra ha contado con una subvención
del **LLLL** institut
ramon llull

Diseño de la colección:
Julio Vivas
Ilustración: foto © Harry Gruyaert / Magnum Photos / Contacto

Primera edición: marzo 2007
Segunda edición: abril 2007
Tercera edición: mayo 2007
Cuarta edición: julio 2007
Quinta edición: septiembre 2007
Sexta edición: marzo 2008

ISBN: 978-84-339-7147-0
Depósito Legal: B. 12711-2008

Printed in Spain

Liberdúplex, S. L. U., ctra. BV 2249, km 7,4 - Polígono Torrentfondo
08791 Sant Llorenç d'Hortons

PRESENTACIÓN:
SI TE COMES EL INFINITO
SIN ESTRELLAS

Vas y compras *Si te comes un limón sin hacer muecas,* y crees que es un libro de pocas páginas. El propio autor, Sergi Pàmies, con su habitual ecuanimidad, te lo ha confirmado hace unos instantes: «Bueno, no es muy largo.» Muy bien, piensas. Y te dices que Pàmies no te va a engañar. Compras su libro y te lo llevas a casa y, viendo que hay veinte cuentos mínimos, te dices que en una hora lo habrás leído. Pero unos días después, a la duodécima vez que lees *Si te comes un limón sin hacer muecas,* te preguntas si Pàmies no te ha traicionado y, al igual que el título, que es más bien largo, el libro esconde en realidad tres mil páginas más. Y al final acabas comprendiendo que Pàmies te ha vendido como breve lo que en realidad es un libro interminable, infinito, hasta podría llamarse *Si te comes el infinito sin estrellas.* Y eso que, según has podido saber, Pàmies ha tenido la delicadeza de corregirlo obsesivamente y dejarlo lo más flaco posible, porque no ignora que escribir es sobre todo corregir, y sabe también que cualquier texto siempre es susceptible de ser reducido a la mitad y que hasta puede iniciarse una expedición en busca de la esencia del relato mismo. Y ha oído hablar seguramente de aquello que dijera el tímido Tito Monterroso cuando al llegarle su turno para hablar en un coloquio, paralizado por el miedo escénico, dijo «yo no escribo; yo sólo corrijo», y el público comenzó a reír y aplaudir, y Monterroso ya no pudo decir nada más, ni mucho menos ponerse a dar explicaciones. Pero está bien claro. Ningún escritor es bueno hasta que no aprende a corregir. Aunque precisamente por eso me veo forzado a corregir la frase y precisar que tampoco está claro que corregir sea tan fácil como a primera vista pueda pensarse. Recuerdo que Delacroix solía decir que hay dos cosas que la experiencia debe aprender: la primera es que hay que corregir mucho; la segunda es que no hay que corregir demasiado.

A pesar de los seis años que han transcurrido desde que Pàmies publicara su último libro, el de ahora entronca perfectamente con la ácida pero refrescante poética limonera (poética dura y al mismo tiempo sorprendentemente flexible) de algunos de los mejores relatos de aquel libro ante-

8

rior que para mí inauguró en la obra de Pàmies una etapa diferente, mucho más madura y ambiciosa, y estoy pensando en su excepcional relato «La máquina de hacer cosquillas», por ejemplo: un cuento que me conmovió y me impresionó mucho y me hizo modificar ciertas ideas tópicas que había tenido hasta entonces sobre los cuentos de Pàmies. Noté que como narrador se había desmarcado de la vulgaridad imperante y había dado un salto importante, había cambiado. He hablado de madurez y de ambición literaria. Acerca de la primera, sugiero acudir precisamente a su relato «La madurez» de su antepenúltimo libro, *La gran novela sobre Barcelona,* donde narra la historia de alguien que descubre que hace ya una semana que no despotrica de nada ni de nadie y que hasta es indulgente con su cuñado y se asombra de que una mezcla de placidez y felicidad se haya introducido en su vida cuando antes se dedicaba a criticarlo todo. Ahí en ese cuento –que parece estirarse en el tiempo hasta llegar a la cita de Doctor Katz que abre *Si te comes un limón sin hacer muecas*– ya se anunciaba su entrada en la madurez, esa edad del hombre que no tiene por qué ser necesariamente atormentada y dolorosa. La prueba está en que la madurez en este autor es, a pesar de la dureza de fondo de las historias, una verdadera alegría para sus lectores. Es una madurez más que razonable y que mantiene con el género humano una relación de generosidad y de piedad que parece participar de la ironía cervantina de la sonrisa benévola, compasiva, llena de simpatía y placidez: una ironía entre el desencanto, la discreta felicidad y la esperanza inútil, pero que, en cualquier caso, revela una cierta armonía con el mundo, la misma que ha sabido establecer Pàmies en la vida real al lograr un equilibrio interesante entre la práctica cotidiana del periodismo en prensa, radio y televisión («que me resuelve parte de los entusiasmos, de la alegría, de la inmediatez, o de la curiosidad») y esas sendas oscuras del alma, íntimas y conflictivas, que requieren siempre un tiempo de reflexión infinito que él sabe desviar hacia sus cuentos mínimos.

La verdad es que este libro limonero de Pàmies lo tengo ya chupado, leído y releído, leído al revés y hasta decúbito supino: limón eterno. Pero sigo leyéndolo y mirándolo alucinado, y aprendiendo. El libro es como un pozo inagotable, es como «El pozo», uno de sus relatos más perfectos y, por cierto, el más breve. Es tan breve que no se acaba nunca. En otro de los cuentos, «La otra vida», la historia comienza con una frase con la que se podría construir una novela-río, aunque también parece la primera estrofa de un narcocorrido: «Tuve que morir para saber si me querían.»

Puede saltarse el lector ahora mismo este prólogo e ir directamente a esa angustiosa frase que es la primera del libro. Pero en el caso de que el lector haya perdido el tiempo parpadeando y todavía siga conmigo, le diré que aspiro en este prólogo a ser como la fugaz gota de agua que agoniza en uno de los mejores cuentos de este libro y que, antes de perderme en el fregadero, quisiera simplemente decir que uno de mis relatos favoritos es «Sangre de nuestra sangre», donde se nos describe a una pareja que es muy feliz, pero tiene un problema muy peculiar, que, de no tomar una dolorosa solución drástica, podría alargarse toda una vida. Ahí en ese relato se nota cómo Pàmies se encuentra a gusto en la distancia corta, género literario en el que dice no encontrar más que ventajas: «Si fuera un vendedor de coches diría que el cuento es el género con más prestaciones: tiene intensidad, excluye la grandilocuencia, no permite demasiadas digresiones y, en el peor de los casos, se acaba rápido.»

Otro de mis cuentos preferidos es «Ficción», uno de esos relatos que lo dice todo en unas brevísimas páginas que sintetizan magistralmente el tan manoseado y pringoso tema tópico de las relaciones entre realidad y ficción, esa cuestión de la que tan inútilmente se habla en ferias y congresos y que «Ficción» resuelve de un solo y contundente puñetazo sobre la mesa de disección, donde la pobre mosca ya hace siglos que está muerta.

Y decir finalmente –ya me voy– que admiro la sensible y rigurosa destilación que se adivina detrás de cada cuento, la sabiduría (el tono sereno conviviendo con la tristeza y la fatalidad), la severa ambición, el sentido común siempre a punto de explotar, y la maestría general de Pàmies en estos cuentos. Lo dije desde el primer momento y seguramente mi entusiasmo molestó a más de uno porque un día acabaron preguntándome cómo era que me interesaba un autor que no se parecía en nada, pero es que en nada, a mí. Pensé en responder que me gustaba por la atracción de los contrarios. Pero acabé diciendo instintivamente: «Es que Pàmies no se parece a nadie.» Me salió del alma. Recuerdo ese momento como si hubiera caído sobre mí un rayo afortunado porque, al contestar así a la pregunta, di de improviso con una de las claves de la belleza de este libro. Pàmies cruza todas las fronteras de un solo trazo y es realmente único, tiene una forma muy singular de llevar sus cuentos al límite de su esencia y un tratamiento personalísimo de situaciones cotidianas que derivan hacia emociones recónditas. No se le puede comparar a nadie. Su sentido del humor es infinitamente serio. Ha iniciado un camino sencillo, pero terrible, porque inventa una imagen nueva de las profundidades. Todo eso ya lo quise decir aquel día. Y recuerdo ahora hasta qué punto me reprimí al contestar, porque anduve muy cerca de decir que tal vez no lo supieran, pero que yo mismo era un cuento del libro, yo también soy un cuento de Pàmies.

ENRIQUE VILA-MATAS,
Barcelona, 1 de enero de 2007

–No estarás pensando en rebelarte, ¿verdad?
–¿Contra qué?

Diálogo de la serie
de dibujos animados *Doctor Katz*

LA OTRA VIDA

Me tuve que morir para saber si me querían. En vida, nunca fui demasiado popular, y eso me creó un problema de autoestima que combatí con mucha disciplina y poco éxito. En casa, si yo no iniciaba la conversacion, ni mis hijos ni mi mujer sentían la necesidad de decirme ni mu, más allá de los comentarios estrictamente funcionales. En el trabajo, si me ponía enfermo, nadie me echaba de menos. Quizá por eso no me sorprendieron las reacciones que produjo mi muerte. La discreta consternación que invadió el domicilio familiar guardaba más relación con los cambios que acompañan este tipo de situaciones –sumados a cierta inquietud económica– que con una pérdida irreparable. Una vez quedó claro que cobrarían la prima del seguro de vida, mis hijos se mostraron igual de inexpresivos que de costumbre. Sólo cuando, en el tanatorio, la pequeña acarició el ataúd de pésima calidad en el que me habían metido, percibí una punta de aflicción relacionada, me pareció intuir, con algunos recuerdos de infancia. En el transcurso del funeral, la mayoría de los asistentes miraron el reloj durante el sermón –excesivamente largo para mi gusto– del sacerdote. Ni una sola lágrima: el silencio de circunstancias que acompañaba la condolencia era lo bastante explícito para no interrumpirlo con unas manifestaciones de dolor que, por otro lado, habrían resultado artificiales. En los días posteriores al entierro, mi mujer reaccionó con serenidad. En una semana, empaquetó, además del luto, toda mi ropa en cajas de cartón y se las regaló al vagabundo que suele pedir limosna junto al Kentucky Fried Chicken. Dos semanas más tarde, se cortó el pelo, se pintó las uñas de los pies, dejó de fumar y empezó a reír más fuerte y más a menudo. En vida, yo ya había sentido el rechazo de los demás, pero la indiferencia que me dispensaban era soportable. Y si, por un error de cálculo, me hacían notar de un modo demasiado vulgar que no contaban conmigo, yo me limitaba a correr un tupido velo y a refugiarme en la lacónica resignación de los refranes: no hay mal que cien años dure, tal día hará un año. A veces, cuando la evidencia del aislamiento me resultaba difícil de digerir, subía en coche hasta el mirador de la Rabassada, a fumar y a pensar mientras, en los vehículos aparcados a mi alrededor, las parejas fornicaban con la intensidad propia de la juventud y del adulterio. Su entusiasmo, expresado por los gemidos apaciguados por los cristales empañados, me contagiaba una fuerza algo perversa, es cierto, pero fuerza al fin y al cabo. Fue regresando de una de esas excursiones cuando me morí. No puedo decir que fuera un accidente. Conducía con la prudencia habitual, admirando la belleza de la ciudad extendida a los pies de la montaña, escuchando el boletín informativo por los altavoces de la autorradio. En los últimos metros de una curva, sentí la necesidad de abandonar, así, en el sentido más amplio del verbo «abandonar». No se trata de un suicidio, pensé, más bien de un ataque de irresponsabilidad. Primero no respeté una señal de límite de velocidad. A continuación, un stop pintado sobre el asfalto (con la primera letra tan gastada que leí *top)*. Finalmente, un semáforo rojo. Pocos metros antes de llegar a la ronda de circunvalación, vi a una pareja de ancianos que cruzaba la calle. Para esquivarlos, aceleré y, con una maniobra brusca, cambié de carril. No frené. El coche golpeó la estructura de protección, la rompió, voló tres o cuatro metros y, de morro, se despachurró en el carril derecho de la vía rápida. No provocó –milagro– ninguna colisión. Tardé diecisiete minutos en morir, durante los cuales me sorprendió que, pese a la violencia del impacto, la radio siguiera funcionando. «Hasta aquí las noticias», oí que decía una voz femenina acompañada por un indicativo grandilocuente. La muerte no fue ni dulce ni amarga. Más compleja de lo que me creía, eso sí, quizá porque en vida no había pensado en absoluto en esta cuestión. Una suma de parálisis física y emocional me impidió experimentar dolor. Me pareció que, en un nivel de percepción distinto al que había utilizado hasta entonces, filtraba la realidad que me rodeaba como un fenómeno que guardaba más relación con los demás que conmigo. Antes de que me dieran definitivamente por muerto, permanecí durante un rato dentro de una ambulancia. Gracias a la habilidad de un enfermero con halitosis, mantuve algunas –no demasiadas– constantes vitales. Quitándole a la situación cualquier componente emocional, consideré que no merecía la pena esforzarse. La confluencia entre una sobrevida inválida y una muerte inminente me iluminó la conciencia con la fuerza de una revelación. Las letras que indicaban el camino hacia la supervivencia eran espectaculares, con neones intermitentes, ofertas de pague dos y llévese tres y un despliegue muy atractivo de señales. El camino sin retorno, en cambio, se insinuaba a través de una bombilla de sesenta vatios. Preferí no hacer nada y, por si acaso, esperar acontecimientos. Impulsado por una inercia de muchos años, me vi a mí mismo tomando el camino menos iluminado, convencido de que todo terminaría enseguida, sin sospechar que me esperaba esta oportunidad de sentir cómo la vida de los míos no sólo continúa perfectamente sin mí sino que, además, mejora. Miradlo cómo se ríe, el hijo mayor que antes no abría la boca y que ahora practica cibersexo con un suizo que se hace pasar por una *au pair* brasileña. Miradla cómo disfruta, la pequeña que siempre encontraba excusas para no ir al instituto y quedarse en la cama, y que ahora madruga para hacer piscinas y más piscinas sólo para estar cerca de un monitor depilado. Miradla a ella, gran amor, cómo busca su imagen reflejada en los escaparates, para comprobar lo guapa que está. Y como si ésa fuera la primera victoria después de tantos años, siento la necesidad de sonreír porque, finalmente, los he hecho felices.

NUESTRA GUERRA

En el momento de sentarme ante el ordenador tengo el propósito de escribir la historia de una batalla sin que se note a favor de qué bando estoy. Si puedo, relataré los hechos con un distanciamiento que refuerce la idea –no demasiado original, lo admito– de lo absurdo de las guerras. Cuando haya descrito la carnicería provocada por las bombas caídas sobre una trinchera no me recrearé en la atrocidad de la escena. Empiezo a escribir, pues, con voluntad de asepsia. Tres horas más tarde, cuando ya he situado la acción en un campo de batalla cualquiera, me pregunto a qué viene tanta contención, y si ese deseo de ecuanimidad no será, en el fondo, una especie de miedo: miedo a manifestar lo que realmente deseo decir. No se trata de una duda nueva, y tengo argumentos para rebatirla. Por ejemplo: del mismo modo que hay escritores que practican la torrencialidad de palabra y el análisis minucioso de la psicología de los personajes, en otros la parquedad y la carencia de detalles describen, por omisión, todo lo que no dicen. Siempre he creído que el exceso de información distrae al lector, pero ¿lo sigo creyendo? Una vez he contado que las bombas han caído y que casi todos los soldados han muerto, oigo una voz interior que me susurra: «Cuenta algo más.» La tentación de transgredir los mandamientos que yo mismo me he impuesto es fuerte: me muero de ganas de acercarme al sargento que, muy malherido, agoniza. Si me contengo es porque me había propuesto no particularizar en ningún personaje y contemplar el dolor como una suma informe de aberraciones. La voz interior, sin embargo, insiste: «Deberías arrodillarte y escuchar qué está diciendo.» Lo hago, pues, consciente de que esta transgresión del propio código es un síntoma de debilidad y, me temo, de envejecimiento. Descubro que el sargento está hablando en ruso. A pesar de que no tengo ni la más remota idea de ruso, me parece que debo trasladar sus últimas palabras como si tuviera la responsabilidad de memorizarlas para transmitírselas a sus hijos, a una viuda desconsolada o a las generaciones venideras. En el momento de ponerme a inventar lo que dice el sargento, lucho contra los prejuicios de utilizar una lengua de la que suele afirmarse que carece de argot propio, a diferencia de otras, capaces de describir cualquier realidad con verosimilitud y precisión. Me acerco a los labios del sargento y le escucho, dispuesto a traducir el lamento a un catalán quizá no tan prestigiado como el inglés, el alemán, el castellano o el francés, pero igualmente eficaz. Nada digno de pasar a la posteridad, constato: blasfema. En ruso, es cierto, pero los juramentos en ruso de un moribundo en una trinchera son extrapolables a todas las lenguas y a todas las trincheras y son, por consiguiente, universales. Para tener a mano una referencia en la que inspirarme, me imagino cómo debió de blasfemar un sargento catalanohablante herido en una guerra, la guerra civil española, por ejemplo, que es la que me toca más de cerca. Mientras este propósito va tomando cuerpo, recuerdo a todas las personas que me han hablado de la guerra. Y cómo eso me ha contenido de escribir nada sobre el conflicto, precisamente porque me parecía que se hablaba demasiado de la guerra y, sobre todo, siempre igual: como hablaba mi padre, que la sentía tan propia que la llamaba «nuestra guerra». Y me imagino los juramentos que debieron de proferir aquellos combatientes entre julio de 1936 y abril de 1939. Y aprovechando que la ficción permite tomarse ciertas licencias, cambio de opinión y hago que el sargento ruso profiera juramentos parecidos a los que yo proferiría si ahora mismo estuviera en esa trinchera. Me acerco todavía más a los labios del sargento, procuro abstraerme del estrépito de las bombas y de los gemidos de los heridos y, una vez acortada la distancia que, por disciplina, intentaba mantener, adapto lo que, en un idioma que no entiendo, le escucho decir: «La puta madre que los parió.» De entrada, me sorprende la virulencia de los juramentos, aunque enseguida me hago cargo: acaban de seccionarle la pierna con una bomba caída de lo que, entre dientes, él denomina: «puto cielo del dios que los parió». Si me acerco un poco más, puedo oírle murmurar el equivalente en ruso de «estos hijos de la grandísima puta me han destrozado la pierna». En la expresión verbal del dolor hay, observo, un componente de alivio, como si el hecho de blasfemar le permitiera resistir un poco mejor el pánico, el desgarro y la impotencia. En otros soldados, el dolor se manifiesta a través de llantos, gemidos, rezos o los gritos de, por ejemplo, el cabo que, allí mismo, se desangra como un cerdo en día de matanza. Como me produce mucha angustia mirarlo, lo hago por persona interpuesta y escribo que el sargento observa al cabo de arriba abajo, con los tímpanos reventados y los ojos ciegos de barro. Contagiado por el dramatismo de la escena, lo imito: levanto la cabeza para mirar un cielo que, en realidad, es el techo de la habitación –con una grieta que recuerda la silueta de un relámpago– por el que desfilan los aviones. Y me estremece darme cuenta de que, de un momento a otro, los aviones regresarán para descargar, y que no podré hacer nada para evitarlo. Y escribo que el sargento levanta la mirada –azul y al mismo tiempo roja de sangre– no hacia el techo de una habitación sino hacia un cielo que hubiera preferido empapado por una lluvia de truenos y relámpagos. Lástima que esto no resulte verosímil, advierto, porque tengo entendido que, en condiciones climatológicas adversas, resulta difícil volar. Y que los días ideales para bombardear una población –inocente, iba a decir, pero me detengo, porque aunque la inocencia de la población es un concepto que daría para un artículo de opinión e incluso para un ensayo, ahora no viene a cuento– son los días soleados, con una visibilidad de esas que, cuando íbamos con mi padre al parque de atracciones del Tibidabo, le hacía decir: «Aquella sombra de allí es Mallorca.» Y yo no veía nada, pero estaba tan contento de que me hubiera llevado al parque que le decía que sí, para no llevarle la contraria, o quién sabe si porque, en el fondo, quizá sí veía la sombra de una remota sombra de Mallorca. Pues una visibilidad así, supongo, que permitiera al comandante de la escuadrilla de bombarderos hacer una enésima pasada y decir por radio: «Mira cómo caen las bombas, si ni siquiera tienen baterías antiaéreas, si, por no tener, estos muertos de hambre ni siquiera tienen vergüenza: rojos, moros, judíos, japoneses, separatistas, charnegos, drogadictos, sudacas, maricones.» Incapaz de conducir la narración con la frialdad que me había propuesto, hago que el comandante también profiera juramentos y maldiciones, aunque, en este caso, me da igual en qué lengua. Porque resultaría poco verosímil que sólo maldijera el sargento de la trinchera bombardeada, pienso. Y sería igualmente inverosímil que un ejército maldijera y otro no. Aunque uno de los ejércitos tenga un armamento más sofisticado y uniformes nuevos. Aunque uno de los ejércitos sea legítimo y el otro facineroso. Aunque uno de los ejércitos sea el candidato a vencer y el otro el condenado a perder. Porque la lengua militar es la misma en todas partes, afirmo para mí mismo en un ataque de opinión, y más aún en medio de una batalla que, repito, me habría gustado ambientar en un día de lluvia. Un día con perros ladrando junto a la carretera, enloquecidos por la pólvora y el terror. Como en esas fotografías de la guerra de Vietnam, con la población corriendo desnuda, aterrorizada por el napalm. Y entonces, de un modo fugaz y que me hará perder momentáneamente el hilo, pensaré en el napalm como en el arma de mi época. Y en el hecho de que cada generación tiene su guerra y cada guerra un arma de destrucción. Aunque, pensándolo bien, mi generación no tuvo ninguna guerra y, gracias al contagio de los medios de comunicación, adoptó la de Vietnam, probablemente porque prefería aquella guerra distante y retratada por los fotorreporteros de la revista *Life* que la de nuestros padres, tan sórdida, tan devastadora, tan cercana. Eso lo pensaré como si fuera una semilla de opinión que rechazaré para retomar el argumento y concentrarme en la sangre que brota de las tripas de los soldados que ya han fallecido, sin absolución, sin testamento, sin últimas palabras. Porque en el frente no hay tiempo para pronunciar últimas palabras, decidiré sin estar muy seguro de la certeza de semejante afirmación. Ni para reunir a los hijos alrededor de la cama y decirles algo trascendente, que es lo que habría hecho mi padre si en el momento de morir me hubiera tenido cerca y yo no hubiera estado tan lejos como la sombra de la sombra de Mallorca. Pero no me he puesto a escribir para hablar de la muerte de mi padre, ni de los motivos por los cuales no estuve a su lado cuando murió. Porque me conozco, y maldigo mi tendencia a perderme en digresiones que no me gustan en las historias que escriben otros y menos aún en las que escribo yo. Me lo reprocho y me digo que, a estas alturas del relato, en lugar de perderme en divagaciones que no llevan a ninguna parte, debería concentrarme en la historia y ponerme de nuevo en la piel del sargento, ser capaz de transmitir toda la rabia y la impotencia que le manan del alma. Una rabia que se manifiesta en maldiciones empapadas con una saliva que, a medida que se espesa, se agota. Una rabia oceánica, que es un adjetivo que nunca habría utilizado, porque un día se lo escuché al sindicalista López Bulla (lo recuerdo porque pensé: qué manera más extraña de hablar; y más para un sindicalista). Un adjetivo que ahora, en cambio, no me molesta, aunque, si lo pienso detenidamente, quizá me molesta un poco, pero concluyo que si me ha salido así debe de ser por alguna razón y que, más adelante, ya buscaré un sinónimo menos enfático. Porque ahora la prioridad no es el adjetivo sino continuar, me digo. Y ya no relaciono el adjetivo con el sindicalista sino con la escena que, en este primer borrador, estoy describiendo. Y pienso que debo darme prisa antes de que los aviones vuelvan a pasar, antes de que descarguen más bombas. Unas bombas inútiles, escribo, porque todos están muertos o a punto de morir. Porque todas las casas de todos los pueblos ya han sido destruidas, añado. Porque hace rato que ya no queda nada por bombardear y, a pesar de eso, siguen lanzando bombas. Pero me detengo y rebobino un poco porque, pensándolo mejor, *inútil* es un adjetivo que no debería aplicarse a las bombas: parece que quiera decir que existen bombas útiles. Antes de que los aviones vuelvan a pasar, decía, quiero fijarme en los ojos del sargento. Como si pudiera acercarme a él y, desde un privilegiado primer plano, captar todos los matices de una mirada que tiene la conciencia de ver el mundo por última vez. Y sé que de esta descripción dependerá, en buena parte, el sentido de la narración. Y que, cuando termine, tendré que elegir, pulir, recortar, cambiar, barnizar cada una de las palabras que configurarán la descripción de esta última imagen. Y tendré que describirla de manera que cualquiera pueda leerla y, además, entenderla. Escribirla para que pudiera entenderla mi padre, por ejemplo (que no la leerá), y, quizá, sentirse orgulloso de ella y entender todo lo que contiene la visión del sargento. Una visión nada grandilocuente, enmarcada por un día tan soleado que, para no deslumbrarme, me obligará a concentrarme en la mirada del moribundo, que casi no es capaz de seguir los contornos de la única nube que se aleja desentendiéndose de la batalla —eso no lo diré yo: lo pensará el sargento—. Y, llegados a este punto, para no terminar de una manera excesivamente abrupta, preveo que tendré que hablar del color azul del cielo azul, y del reflejo del sol en los fuselajes de los aviones. Y de cómo, con un cansancio oceánico (o un sinónimo más adecuado), el sargento mira el cadáver del cabo fallecido y los cuerpos de tantos soldados, también muertos. Y de cómo, justo antes de morir, justo antes de que a su lado estallen dos bombas más (primero una, luego la otra), no piensa ni en la familia, ni en la infancia, ni en la esposa desconsolada que recibirá el pésame oficial, ni en los hijos que ya no podrán tener, sino en unas últimas palabras que, del ruso al catalán, traduciré intentando ser fiel a una realidad que también será ficción: «Qué mierda, qué gran mierda, qué grandísima mierda.»

COMO DOS GOTAS DE AGUA

Al nacer, la gota todavía no sabe que dentro de dos segundos morirá aplastada contra la pila del fregadero. Ilusionada, se desliza por la última curva de la cañería y se asoma a la desembocadura del grifo. La luz de los fluorescentes la deslumbra. Se siente como la viajera de tren que, después de mantener concentrada la mirada en un largo túnel, sale finalmente a cielo abierto. Con curiosidad, se detiene en el extremo metálico del grifo. La inercia hace que se tambalee y que, tras un leve balanceo, caiga al vacío. Durante los primeros milímetros de esta trayectoria –iniciada con más esperanza que convicción–, la invade una sensación de vértigo. Volar la estimula tanto como pasar desapercibida. En efecto, su presencia no altera el orden de una cocina que, pese al esfuerzo del decorador por convertirla en la expresión de la familia que la utiliza, aún se parece demasiado a la fotografía del catálogo que la inspiró. Aparte de los muebles y de los acabados, prevalecen ciertos detalles no previstos por el proyecto inicial: el olor de un caldo recién hecho y, pegados a la puerta de la nevera, imanes de la familia Simpson que sujetan el menú escolar de un niño que, justo mientras la gota descubre el placer de lanzarse al vacío, se atraganta con un hueso de pollo en el comedor del colegio. La distancia entre el grifo y la pila del fregadero es de un palmo y medio, un trayecto tan corto como el tiempo que la gota emplea en recorrerlo. No se entretiene: filtra la luz de los fluorescentes y refleja la esfera del reloj, que asiste a un nuevo cruce, histórico, de las agujas. Comparado con cuando todavía formaba parte de una corriente, el presente le parece fascinante. A primera vista quizá no se le note, pero si aumentáramos la imagen de la gota, si la detuviéramos y la reprodujéramos en tres dimensiones y le otorgáramos movimiento (un movimiento virtual, por supuesto, estructurado sobre una hipótesis secuencial a escala ampliada y por ordenador), detectaríamos el latido casi imperceptible de una emoción basada, por un lado, en la inconsciencia del peligro que entraña la caída y, por otro, en la falta de información respecto al propio entorno. La cadencia, por ejemplo: una gota cada tanto, siempre el mismo tanto, como en una carrera ciclista contrarreloj. O descubrir que el hecho de que un grifo no cierre bien o que, a causa de la erosión de la junta, gotee puede cambiarle la vida y provocar que, una vez convertida en gota, ese trayecto, aparentemente banal, se transforme en privilegio. Como una frontera, la parte alta del fregadero marca el último tramo. El horizonte es inminente. A medida que cae, la gota aumenta su peso, su volumen y su tensión interna. La inercia le estira la piel. Tanto, que desearía ser de mercurio. El paisaje oscurece. Desde un punto de vista humano, todo ocurre muy deprisa. Para la gota, en cambio, este instante contiene parte de la vejez y la madurez entera. El tiempo necesario para olvidar lo que ha vivido más recientemente y recordar sólo los primeros tiempos de vida; para reconocerse en la gota que, con más atrevimiento que ella, empieza a sacar la cabecita por el mismo grifo. Se parecen como dos gotas de agua, constata. Y tiene la sensación de que haber visto a esa hija (o hermana) justifica haber vivido un viaje que termina como estaba previsto: chof. La gota explota y se expande en mil pedazos que, indiferentes al tacto de acero inoxidable del fregadero, vuelven a juntarse, ya no en forma de gota sino de salpicadura, nada, un escuálido hilillo que, después de salvar el obstáculo de los restos de aceite de girasol, se escurre –blop–, aspirado por el desagüe.

MONOVOLUMEN

No sientes ninguna simpatía por el vecino del segundo primera. No te ha hecho nada, aunque la experiencia te ha enseñado que no hace falta que alguien haga algo para que te caiga antipático. Desde que el vecino llegó al edificio lo has observado a distancia, sólo para confirmar una impresión inicialmente negativa. Quizá se trate de una actitud poco madura, pero intuyes que si no proyectases ciertas manías sobre tu entorno la vida te resultaría más difícil. Si tienes preferencias de paladar que ni siquiera entiendes tú y prefieres un plato de lentejas que, pongamos, uno de espinacas, ¿por qué no ser igualmente arbitrario con los vecinos?

Lo detestaste en el mismo momento en que llamó a tu puerta para presentarse, junto a su esposa. Correspondiste al ritual del saludo sin invitarlos a pasar, con una fórmula de bienvenida convencional y austera. A continuación, metiste al vecino (a su mujer no) en el frasco mental de personas detestables. Durante un tiempo, admites que esta tendencia a la antipatía no argumentada te preocupaba. Ahora, en cambio, te parece tan legítima como la amabilidad indiscriminada que practican otras personas.

En el parking, comprobaste que el vecino aparcaba justo delante de tu plaza. Si coincidíais, te limitabas a un saludo huraño que él intentaba prolongar con comentarios sobre el tiempo. Una tarde, os encontrasteis en el momento de salir de vuestros respectivos vehículos y no supiste sacártelo de encima. Él aprovechó la ocasión para preguntarte si estabas satisfecho de tu monovolumen. No detectaste ninguna segunda intención en la pregunta y respondiste que sí. Incluso le enseñaste el prodigio de puerta lateral, que permite entrar y salir de lugares estrechos.

Dos días más tarde, él llamó a tu puerta. Después de un circunloquio que intentaba justificar la osadía de visitarte sin avisar, te preguntó si podíais

hablar. Como castigo, lo hiciste sentar en el tabu-
rete de la cocina, con la excusa, le dijiste, de que
tu mujer dormía en el sofá del comedor y que no
querías molestarla (entonces tu mujer ya se había
marchado, el que dormía en el sofá eras tú, porque la cama del dormitorio era demasiado grande
para ocuparla solo, pero eso no se lo dijiste porque crees que cuanto menos de nosotros sepan los
vecinos, mejor).

Hablasteis del monovolumen y el vecino te con-
fesó que estaba estudiando la posibilidad de com-
prarse uno. Pese a que la noticia te dolió, disimu-
laste. Estabas muy satisfecho del monovolumen,
y él lo sabía por vuestra anterior conversación. Al
mismo tiempo, eras consciente de que no te gustaría ver modelos idénticos al tuyo en fila en el
parking como en la exposición de un concesiona-
rio. Parte de la satisfacción que sentías se basaba
precisamente en el hecho de que nadie de tu entorno tenía uno igual, ningún compañero de trabajo, ningún socio del bufet, ningún familiar, ni,
sobre todo, ningún vecino.

Calculaste que si exagerabas sus defectos, el vecino podría adivinar que intentabas disuadirlo. Mi-

diendo tus palabras, pues, optaste por un elogio matizado, convencido de que una descalificación frontal no resultaría tan eficaz como generarle dudas. Le comentaste que el vehículo sumaba muchas virtudes y también algún defecto, que no dejaste de enumerar. Te extendiste hasta notar que él se sentía incómodo: no había previsto que le dedicaríais tanto tiempo. Finalmente, y con la convicción de un vendedor, concluiste: «Si yo fuera tú, me lo compraría.»

Transcurrieron unos días hasta que, una noche, aparcado en su plaza, viste un coche deportivo, nuevo, descapotable. Te acercaste: asientos de piel y acabados de una sofisticación nada meliflua. Mientras lo admirabas, apareció la mujer del vecino, risueña, y te preguntó: «¿Te gusta?» Procuraste responder con un «sí» circunstancial, pero lo cierto es que te encantaba. Ella añadió: «Ya sé que nos habías recomendado el monovolumen, pero al final elegimos éste. Nos lo recomendó el vecino del tercero primera.» Abrió la puerta y puso la llave de contacto. En la plaza vacía del parking quedó flotando, durante unos segundos, el eco elegante del arranque.

No te atreviste a mirar el monovolumen. En el ascensor, el espejo te devolvió la imagen de un hombre desconcertado. Al llegar a casa, te tumbaste en el sofá. Con los ojos muy abiertos, observabas el techo e intentabas imaginar la distribución de los muebles del piso de arriba, el color de las paredes, el estilo de los cuadros colgados. Poco a poco, te fuiste dando cuenta de que lo que más te dolía no era que el vecino se hubiera comprado aquel magnífico vehículo sino que, pese a haber hecho lo que tú querías, había preferido el consejo del vecino del tercero primera.

SANGRE DE NUESTRA SANGRE

Después de muchos años sin fumar, el padre enciende un cigarrillo. Lo dejó cuando nació su hija y, desde entonces, ha estado demasiado ocupado para echarlo de menos. El humo le abrasa los pulmones con una niebla áspera que, en lugar de combatir, él reactiva con caladas compulsivas. Hace un rato, su hija le ha explicado las razones de tanto tiempo de silencio, mal humor, problemas, insomnio y discusiones: no soporta ser la única chica del instituto con padres no separados y les ha pedido, por favor, que se separen. «Quiero ser normal», les ha dicho poco antes de salir de la habitación con lágrimas en los ojos.

El padre y la madre no dan crédito a lo que acaba de ocurrir. Sentados en el sofá, y pese a que ya ha transcurrido un cuarto de hora desde que su hija se ha marchado, siguen sin reaccionar. Sus pensamientos respectivos se han unido a través de un silencio que contiene los recuerdos que la memoria común les permite compartir. Ninguno de los dos quiso delegar en el otro la misión de educarla y le hicieron frente con una firmeza y un entusiasmo del que todavía se sienten orgullosos. De la infancia de la niña sólo recuerdan cosas buenas. Una hija única y con salud en una familia emocionalmente estable y económicamente situada era la combinación perfecta para no fracasar.

Tanto el padre como la madre pertenecen a la generación que aprendió a proyectar este tipo de cosas, con una previsión que tuvo en cuenta los días fértiles y una fecha de nacimiento adecuada para, una vez agotado el permiso por maternidad, empalmar con las vacaciones. Nada interrumpió un crecimiento convencional, con las incidencias previstas por los pediatras y ningún episodio de alarma o accidente. Previsores como eran, no se dejaron sorprender por el anunciado distanciamiento posparto de la pareja. Fueron capaces de reservar el tiempo necesario para no aburrirse y no renunciaron al sexo ni a las aficiones, ni a las salidas con los amigos.

44

La niña lo vivía con una colección de sonrisas inmortalizadas en veintitrés cintas de vídeo y diecisiete álbumes de fotografías. Ni la guardería ni los primeros años de escuela fueron conflictivos. Aunque no lo decían en voz alta, compadecían a los padres con hijos psicológicamente problemáticos o con retrasos académicos. Precisamente por eso, estuvieron muy atentos a la hora de evitar los excesos de protección y lo resolvieron con frecuentes visitas a casa de los primos y un trato continuado con los vecinos y compañeros de escuela. Con semejantes precedentes, nada hacía presagiar los dos últimos años que les ha tocado vivir.

La pilosidad en las axilas y en el pubis, cuando la niña tenía diez años, les hizo temer una precocidad aguda. De entrada, incluso llegaron a considerarlo una virtud. Ahora, en cambio, si pudieran articular palabra, tendrían que admitir que, ante la evidencia de una adolescencia prematura, reaccionaron como debían. Consultaron con el médico, que, como siempre, les dijo: «Tranquilos.» Igual que otras veces, observaron el fenómeno sin obsesionarse, como el síntoma de otras transformaciones inminentes. Las hubo, y muchas: la niña empezó a oler de otra forma, le salieron granos en la cara y, en poco tiempo, cambió de amigas y de vestuario.

Ninguno de los dos sabría decir en qué momento dejó de ser la niña y les provocó el dilema de si debían continuar llamándola así o por la versión abreviada de su nombre. Delante de ella, resultaba imposible llamarla niña, porque eso agravaba sus cambios de humor, cada vez más frecuentes. El padre no se conformó con lo que la madre repetía como una oración: paciencia, atención y amor. Él era paciente, le dedicaba toda la atención del mundo y la quería como nunca había querido a nadie, pero no soportaba no entender nada de la actitud de su hija. Habló con tutores, con profesores, con el director del instituto, que lo remitió a un especialista. La conversación, que tuvo lugar en un consultorio tétrico, resultó enriquecedora. La mutación de la niña, afirmó el especialista, era perfectamente lógica y estaba documentada por una experiencia ancestral y toda clase de diagnósticos y estudios científicos. Así pues, ningún motivo para preocuparse.

El padre no se quedó tranquilo. En casa, la niña era cada vez más insolente, de una rebeldía arbitraria, a menudo estúpida, y cualquier intento de castigo o de diálogo resultaba simétricamente estéril. A través de un socio de su empresa, contactó con un reputado neurólogo que le dio una conferencia sobre los últimos avances en materia de evolución mental de los adolescentes. Mientras el especialista hablaba, el padre tenía la impresión de que cada palabra, cada precisión avalada por la investigación, le alejaba más de su hija. El neurólogo le habló de saturación hormonal, de vulnerabilidad, de efervescencia, de evolución de los lóbulos y de un combate entre dopamina y melatonina, estrógenos y testosterona.

«Es la pubertad», decían otros padres, y se encongían de hombros, como si, con un grado de inmadurez que lo sacaba de quicio, dieran la batalla por perdida. Ellos, en cambio, perseveraron. Cuando convenía dar un paso atrás, lo daban. Cuando convenía marcarla más de cerca, la marcaban. Al padre le dolía tener que admitir que había fracasado en una primera fase. Mejor dicho: estaba dispuesto a admitir la posibilidad del fracaso siempre y cuando tuviera una explicación. Ni la tensión de los peores momentos les desunió. Juntos como en el momento de concebirla y traerla al mundo, abortaron todas las tentaciones propias de esta fase de la existencia: el gusto por el riesgo, las malas compañías, la espiral de la droga, la anorexia, la bulimia, la huida sectaria.

En este largo proceso también tuvieron que ceder en algunas cosas, pero se trataba de cesiones irrelevantes: la decoración de su cuarto, un curso de inglés en Irlanda o un piercing, largamente negociado hasta lograr que no fuera ni en la boca ni en el ombligo. No podían prever que, después de tantos esfuerzos, el problema fuera que nunca habían pensado en separarse. Ahora tienen la mirada fija en la nube de humo que, procedente de los pulmones y de los cigarrillos del padre, ocupa la habitación. Sin decírselo, son conscientes de que ya no les quedan fuerzas. Se quieren. Tanto que ya no les hace falta decírselo. Por eso, cuando el padre termina el último cigarrillo del paquete, se levanta y se abrazan, todavía sin decir nada. «Hoy empezaré a buscar un piso para mí y hablaré con el abogado para que inicie los trámites», dice él finalmente. Y ella, conmovida, le dice: «Voy a llamar a la niña para darle la noticia. Se va a poner muy contenta.»

BRINDIS

Al finalizar la mesa redonda ella se presenta, te dice que está totalmente de acuerdo con tu intervención, que ha leído todos tus libros y que sigue «con devoción» los artículos que publicas en el periódico. Tú se lo agradeces con un comentario falsamente modesto. También miras el reloj, recuerdas que en las próximas horas no tienes ningún compromiso y la invitas a tomar una copa. Mientras salís a la calle la empujas suavemente por la espalda, lo suficiente para comprobar si lleva o no sujetador (afirmativo), y le propones ir al bar de un hotel cercano. Sentados en un sofá situado en el rincón más discreto de la sala, pedís champán. Enseguida percibes que las preguntas que le haces no te interesan lo más mínimo. Ella se da cuenta y reconvierte el desinterés que sientes por su trabajo en atención por el tuyo. Escucharla te halaga, pese a que, fugazmente, se desvía de su discurso monotemático –tú– para hacer alguna referencia a su marido, un dramaturgo inédito y, según ella, con un gran talento. Te deleitas en la adulación con la satisfacción de quien siente en los hombros las manos de una masajista. Vaciáis dos botellas de champán con una sucesión de brindis trufados de referencias literarias (de Nabokov a Rabelais, de Joyce a Mognes) e, inmediatamente, percibes la proximidad de sus rodillas. Como un niño delante de un pastel, sientes, de repente, la urgencia del tacto. Después del primer beso constatas que los besos con mujeres a las que acabas de conocer siguen siendo vigorizantes. No sólo no quieres que se terminen sino que te gustaría repetirlos. Lo haces. Se te encienden algunas alarmas en el cerebro: problemas, enfermedades de transmisión sexual, incluso te parece detectar, muy lejos, la silueta agazapada del dramaturgo. No importa, piensas, probablemente porque la mezcla de excitación y champán te ablanda la prudencia. Pagas la cuenta y, en la recepción del mismo hotel, pides una habitación. El recepcionista actúa con una inexpresividad ciento por ciento profesional. Las puertas del ascensor se abren en un suspiro. Te resistes a acariciarla: prefieres posponer el ataque y recrearte en la inminencia de lo que está a punto de ocurrir. Imaginas qué le harás. Imaginas qué te hará. Es el mejor momento: cuando la expectativa todavía es un mar infinito, en este caso tempestuoso. Atado al timón, pues, prefieres zarpar hacia el horizonte que regresar a puerto. No te asusta el mareo que te produce el ascenso supersónico del ascensor (y que hace que el champán te salpique el cerebro). Manejas el timón con decisión, con la excitación de quien abre una vía marítima que, en el futuro, los cartógrafos inmortalizarán. Eres el pirata tuerto que grita «¡Tierra a la vista!» y, al mismo tiempo, el indomable capitán que, con el garfio en alto, saluda las procesiones de delfines. Si los radiotelégrafos tuvieran que describirlo, les resultaría difícil adaptar la prosa áspera de su gremio a la euforia de tu rumbo. Imaginas que quizá no sea necesario llegar a la cama, porque quién sabe si os apetecerá hacerlo contra la pared, tú arrodillado entre sus piernas, concentrado en su placer, como una declaración de principios: las mujeres primero. Por el modo en que te mira, sospechas que no querrá que la desnudes. Y presientes que se expresará con gemidos exagerados (¡que no sea necesario atarla a la cabecera de la cama!, rezas) y que, cuando haya llegado al primer orgasmo (con rapidez, como si quisiera darte a entender que la excitas tanto que no ha podido aguantar), enseguida querrá repetir. Y entonces sí: prevés que tendrás que quitarte la ropa, porque el placer protagonista ya no será tanto el suyo como el tuyo. Por los invisibles altavoces del ascensor suena un vals. Mentalmente, saboreas su imagen quitándose la falda, siguiendo el compás de tres por cuatro. Y te ves a ti mismo preguntándote si la elección de la ropa interior, tan bien conjuntada, no responde a una premeditada voluntad de enseñarla. Y te hueles que, cuando sientas su satisfacción, empezarás a tener dudas (la amenaza del dramaturgo será más cercana: le verás la caspa, el blanco irritado de los ojos y la capa de nicotina en los dientes). Y te anuncias a ti mismo que, a medida que avances mar adentro, la nave te parecerá más inestable. Justo entonces, intuyes, te darás cuenta –demasiado tarde, como siempre– de que todo estaba preparado de antemano. Y, lejos de dolerte, eso te estimulará todavía más. Incluso puede que le digas guarradas, una costumbre poco habitual en ti (no por nada: te da la risa). Por su manera de pegarse a las paredes del ascensor, con movimientos de reptil, dirías que lo agradecerá, porque quien le estará diciendo guarradas no será un ser anónimo sino el escritor del que, según ella, se sabe de memoria algunos cuentos. Un relámpago de alarma te ilumina la mente, y piensas que la motivación que la ha llevado hasta allí quizá no es una admiración auténtica, sino la consecuencia de una apuesta, y que, a escondidas, lo debe de estar grabando todo. Antes de quitarme los pantalones me aseguraré de que no lleva ninguna grabadora en el bolso, decides para apaciguar este incipiente conato de paranoia. Ahora ya no tienes ninguna duda: sabes que te darás cuenta de que, a pesar de que en un primer momento te había parecido que se sabía esos cuentos de memoria, y pese a que te había deslumbrado recitando una frase y relacionándola con un libro determinado *(La piscina de Cleopatra)*, la frase no era exactamente así, ni correspondía a ese libro sino a otro *(La primavera no tiene nada que ver con el otoño)*. Y diagnosticarás que esta confusión no responde a la fidelidad lectora de la que presume sino a una estrategia de lo que, para entendernos, podríamos denominar coleccionismo. No te parecerá mal. Por un lado, porque imaginas que en esos momentos estarás metido en faena, y, por otro, porque te parece perfecto que ciertas mujeres prefieran dejarse seducir por hombres más o menos públicos. Estas consideraciones te desviarán tanto del fragor de la batalla que procurarás acabar con cierta precipitación, para darle a entender (cuando ella empiece a sentir la tentación de la indolencia, del cigarrillo compartido) que quizá deberíais ir pensando en terminar. Y sospechas que, aprovechando el momento en el que ella insista en dormir un poco («sólo cinco minutos»), desearás vestirte, salir de puntillas de la habitación, pagar la cuenta y alejarte del hotel, cruzando los dedos, rezando para que ésta no sea de las plastas, de las que no toman precauciones, de las chifladas, de las que se quedan colgadas. Y, para contrarrestar el efecto alarmante de semejante hipótesis, sopesarás la presunción contraria: quedarte medio dormido y que ella salga del baño, desnuda, y se te acerque, y, después de unos comentarios inocuos, suelte la frase que, mientras el ascensor frena con una suavidad hidráulica y tecnológicamente alemana, es una amenaza en toda regla: «Yo también escribo.» Puedes ver la escena como si ya la hubieras vivido: ella está detrás de ti. Delante, se extiende el ventanal de la habitación, enmarcando un decorado de edificios irregulares, iluminados por los focos de los helicópteros de la policía. Ella te acaricia y te explica que también escribe. «Cuentos», especifica. «Porque hay que empezar por los cuentos», añade (¡lo que hay que oír!). Ya no finges escucharla: la escuchas. Te habla de sus cuentos y, de paso, de las obras inéditas del dramaturgo. Unas obras muy buenas pero difíciles de estrenar «porque no conocemos a nadie». Y este «conocemos» te suena a trampa, aunque, en lugar de levantarte y salir por piernas, en lugar de asimilar el comentario con cara de póquer y mostrarte impermeable a los riesgos de la primera persona del plural, respondes: «Me encantaría leerlas.» Aquí el pensamiento te estimula tanto que da un pequeño salto en el tiempo y permite que pasen los días, no muchos, los suficientes para que os citéis y ella te entregue un sobre con dos obras de su marido y, como quien no quiere la cosa, seis cuentos escritos por ella, recogidos bajo el título de *Pantocrátor, obsidianas y la miel al fondo del día (o el desván de ayer)*. Dentro del sobre también habrá una nota, manuscrita con una informalidad aparente pero que, deducirás, habrá sido pensada y requetepensada. La nota te dará a entender que los cuentos no son importantes y las obras sí, de modo que, tal y como ella deseaba, sentirás la inmediata curiosidad de leerlos y dejar a un lado las dos obras. Y querrás hacerlo allí mismo, en la terraza del bar en el que prevés que os citaréis, aunque te rogará que no lo hagas delante de ella («¡Ay no, qué vergüenza!»). Y, a diferencia del día en el que os conocisteis, tendrá prisa. Y no aceptará cuando le propongas volver al hotel. Y que no quiera te excitará. Y la acompañarás al parking. Y allí, en su coche, te lo hará con la boca. Y saldrás inquieto del vehículo, un poco decepcionado. Y ella, con la ventanilla bajada y el motor en marcha, te recordará que no te olvides del sobre (te lo tenderá como si se tratara de un albarán al que tuvieras que poner el sello de conformidad). Una vez en casa, leerás los cuentos –a pesar de haberle prometido que empezarías por las obras del dramaturgo–. La lectura te incomodará, porque verás en ella cosas demasiado parecidas a las que escribes tú (y a las de tantos otros), y empezarás a sufrir por cómo decírselo sin ofenderla. Y cuando ella te llame –pese a que tú no le habrás dado tu número–, le dirás que los estás leyendo, sí, pero notarás que su curiosidad es más intimidatoria que cordial. Finalmente, le comentarás que, bueno, te gustan, sí, pero para no tener que enfrentarte solo a un veredicto desalentador, llamarás a un amigo editor (si es que se puede hablar de amigos en el mundo de la edición) y le anunciarás que le envías un original. Y cuando ella vuelva a llamarte –a una hora intempestiva, intuyes–, le explicarás qué has hecho con los cuentos («buscar una segunda opinión», dirás, como si tuvieras que confirmar un diagnóstico) y ella se pondrá hecha una fiera. Y os encontraréis de nuevo. La primera media hora será difícil porque ella tendrá los ojos empañados de rabia y fumará de un modo compulsivo. Ya no hará ninguna referencia a las obras del dramaturgo sino que te reprochará que hayas enviado los cuentos sin consultárselo. Que todos eran primeras versiones y que faltaba pulirlos, insistirá con una indignación convincente. Pero entonces, cambiando radicalmente el tono, te preguntará qué le han parecido al editor. Tú le dirás la verdad: que todavía no has hablado con él. Te acercarás, porque ella llevará un vestido muy corto. Fracasarás: volverá a decirte que tiene prisa y, de nuevo, en otro parking pero dentro del mismo coche, te lo hará con la boca, de un modo mecánico, más humillante para ti que para ella. Y por la noche, al llegar a casa, encontrarás un mensaje suyo en el contestador, entusiasmada, que habrá recibido la llamada del editor, muy interesado en verla. Y ella te lo agradecerá, de todo corazón, y, entonces, en un segundo mensaje, te recordará que, sobre todo, no te olvides de las obras del dramaturgo. Tendrás un presentimiento malévolo que, al mismo tiempo, será una semilla de inspiración para un posible cuento: ¿y si el motor de toda esta conducta es el dramaturgo?, ¿y si ella hace todo eso sólo por amor o por una perversa dependencia psicológica? El personaje del dramaturgo amargado que empuja a su mujer a rebajarse para ayudarle profesionalmente te parecerá tan fascinante como ella. No podrás evitar sentir curiosidad por saber hasta dónde pueden llegar, y llamarás a un amigo, crítico de teatro (si es que puede hablarse de amigos en el mundo del teatro), y, a la mañana siguiente, le harás llegar la fotocopia de las dos obras, sin siquiera leerlas. Sorpresa: el crítico te llamará unos días más tarde y te dirá que si se hacen algunos retoques (cambiar el sexo, la edad, la raza de los protagonistas, el contexto histórico y el título), las obras son perfectamente estrenables. Como no sabrás qué decir, dirás que te alegras. La llamarás, pero o bien comunicará o bien tendrá el móvil desconectado. Le dejarás mensajes –tres o cuatro– y no volverás a saber nada más de ella hasta que, el fin de semana, el editor te llamará para invitarte a cenar a su casa («con unos amigos», dirá). Pese a que te dará pereza, irás. Y allí te encontrarás con la sorpresa de que ambos estarán allí, ella y el dramaturgo, eufóricos, con el pelo reluciente gracias a la misma gomina. Ella no se separará del anfitrión y, durante la cena, se levantará para ayudar al nuevo y flamante novio del editor, diez años más joven que el novio anterior. En la sobremesa, el dramaturgo insistirá en sentarse a tu lado, y, poniéndote una gigantesca mano sobre el hombro –que malinterpretarás como el primer gesto de una inminente agresión–, te agradecerá de todo corazón lo que has hecho por él. Te sorprenderá comprobar que no será, ni de lejos, como lo habrás imaginado: alto, atractivo, sin rastro de odio en la mirada, con unos dientes blanquísimos. No sabrás de qué te está hablando hasta que, por la conversación, deducirás que, sin decirte nada, el amigo crítico ha enviado la obra al Teatro Nacional y que están entusiasmados y, si no hay imprevistos, incluirán una de las dos obras en la programación del año que viene (cambiando algunos detalles; casi nada: en lugar de siete personajes, será un monólogo; en lugar de que la acción transcurra en Madagascar, transcurrirá en Badalona; en lugar de titularse *Membranas de magnolia* se llamará *Caos ma non troppo)*. Por la expresión de su mirada, el dramaturgo no te parecerá estratega en absoluto. Y ella, entonces, regresará de la cocina con una sonrisa de triunfo. Y el editor-anfitrión, después de un primer brindis trufado de referencias literarias (de D'Ors a Rusiñol, de Goethe a Labittrhude), la presentará como la escritora más prometedora de su catálogo. Tú sonreirás, por supuesto, porque la mezcla de champán y fascinación te habrá ablandado la capacidad de sorpresa, y, sabiendo como sabes que caerás en esta trampa, mirándole descaradamente los pechos mientras avanzáis por el pasillo del hotel, piensas: debería escribir todo esto antes de que sea tarde. Pero ya es demasiado tarde, porque ya estáis en la habitación, tú arrodillado entre sus piernas y ella, contra la pared, gimiendo de un modo un poco histriónico: oh, sí, dios, dame más, oh, sí.

EL POZO

El charlatán predica delante del pozo. «Quien se tire dentro», dice, «será feliz.» Los que nos detenemos a escucharlo contenemos la curiosidad con una expresión incrédula. Pero estamos atentos. Por un lado, porque el hombre sabe hacerse escuchar y, por otro, porque no tenemos nada mejor que hacer. A diferencia de otros pozos, éste se hizo popular cuando, con la ayuda de una megafonía sensacionalista, el charlatán empezó a anunciarlo como si de una atracción de feria se tratara. No cobra entrada, sólo pide la voluntad. Después de semanas de pensar mucho en ello, un día me tiro. Previamente le pago lo que considero justo a cambio de escucharle decir «serás feliz», así, sin dar más detalles. En un primer momento, la excitación me impide experimentar nada especial. Caigo, eso sí que lo noto, y también percibo que el pozo es muy oscuro, y que el agujero por el que me he metido se aleja rápidamente. Sin ver nada en absoluto, siento que la oscuridad se ensancha y que, aunque no dispongo de ninguna prueba que lo confirme, no estoy solo. Grito. Vuelvo a gritar. Como nadie responde, deduzco que los demás también están gritando y que si no los oigo es porque cada cual debe de gritar para sí mismo. Caigo. Y me caigo todavía más. Nunca habría imaginado que sería un pozo sin fondo. Pero, cuando me tentó para que me tirara, el charlatán no especificó, sólo dijo que, si lo hacía, sería feliz. Y lo cierto es que, mientras me precipito hacia unas tinieblas todavía más intensas que las de hace un rato –o las de hace meses, o las de hace años, ahora eso carece de importancia–, acompañado por otros seres que tan sólo intuyo, quizá sí soy más feliz de lo que era antes. Pero resulta difícil decirlo porque de antes no me acuerdo, oye.

CONVALECENCIA

Al descolgar el teléfono para interrumpir el tercer ring, el hombre mira el reloj: las nueve y cuarto de la noche. Sin darle tiempo a decir nada, su mujer le cuenta que ha tenido que ir urgentemente al hospital porque han ingresado a su padre. El hombre piensa en su suegro y se lo imagina entubado, pálido, rodeado de enfermeras. La mujer lo tranquiliza: no es grave, pero, por si acaso, prefiere quedarse a dormir allí. «Quiero estar a su lado cuando se despierte», dice. También le pregunta si podría llevarle el neceser con el líquido limpiador de las lentillas y el cepillo de dientes. El hombre se ofrece para llevarle algo más: un bocadillo, el pijama, la radio, el *Lecturas*. La mujer insiste: «Sólo lo que te he pedido.» Cuelgan. El hombre entra en el cuarto de baño y observa los diversos frascos, ordenados de menor a mayor: jabón aromático, crema hidratante, loción limpiadora, gel reafirmante, acondicionador para cabellos secos, champú antiscaspa, leche corporal. Sale del cuarto de baño y busca en los cajones de la cómoda. En el último, encuentra el neceser. En el momento de cogerlo, tropieza con un objeto duro, situado en el fondo del cajón. Enseguida se da cuenta de que se trata de un vibrador. De entrada, sonríe, hasta que esta primera impresión de sorpresa se convierte en un sentimiento de decepción. Recuerda cuando se conocieron. Entonces, en alguna ocasión, habían utilizado objetos parecidos. La convivencia, sin embargo, ha erosionado su entusiasmo y hace tiempo que viven el sexo como una gimnasia de descompresión compartida. El hombre sopesa el vibrador. Tiene una apariencia metálica, cromado de arriba abajo, un huso perfecto con un anillo de plástico en la base que, si se mueve hacia la derecha, activa un mecanismo de vibración con cuatro niveles de intensidad. Que funcione le parece la prueba de que su mujer debe de haberlo utilizado recientemente, y eso le inquieta todavía más, como si, de repente, descubriera una realidad desconocida de alguien que creía conocer a fondo. Guarda las cosas que su mujer le ha pedido en el neceser y, no sabe si con el propósito de tirarlo o de pedirle explicaciones, se lleva el vibrador. Cinco minutos más tarde, toma la carretera que le llevará hasta el hospi-

tal. Ha dejado el vibrador en el asiento del co-
piloto y, de vez en cuando, lo mira de reojo. El
pensamiento se atomiza en mil hipótesis, sospechas, contradicciones, intentos de comprensión.
El hombre no es de los que se ponen nerviosos
con facilidad. Al contrario: analiza cualquier situación con un sentido común muy elogiado por
todos los que le conocen. Cuando terminó la carrera de derecho, incluso llegó a sentir la tentación de ser juez, pero cuando conoció a la que
hoy es su esposa, prefirió aceptar la oferta de un
consorcio de logística y subir un peldaño de una
larga lista de éxitos que le han llevado hasta la
acomodada situación que ahora vive. Mientras
conduce le parece que el parabrisas refleja los movimientos que le bailan en la cabeza: luces en dirección contraria, rótulos que fugazmente le apor-
tan informaciones innecesarias, insectos suicidas
y, en general, el sentimiento de estar avanzando
hacia una situación de inestabilidad que, aunque
se borra con cada movimiento del limpiaparabri-
sas, se repite inmediatamente. Aplicando el mismo criterio que utiliza en el trabajo, separa los
elementos por orden de importancia y concluye
que, por ahora, el primero de la lista es la salud de
su suegro. La imagen del enfermo va ligada a
conceptos tan trascendentes como lealtad, grati-
tud, afecto. Por la manera como su mujer le ha

hablado por teléfono, le da la impresión de que saldrá de ésta. La presencia del vibrador, sin embargo, no deja de incomodarlo. Al llegar al hospital, encuentra una plaza de aparcamiento y guarda el objeto en la guantera. En la habitación, su mujer está hablando con un médico. Se presentan. El médico le informa de la situación de su suegro: una lipotimia, causada probablemente por una sucesión de pequeños infartos cerebrales, por suerte, sin consecuencias en la movilidad o el habla. Habrá que hacer más pruebas y mucho reposo, y también revisar la dieta, pero, en principio, no hay nada que no pueda curarse con una larga convalecencia. La mujer, aliviada, sonríe. «¿Dónde dejo el neceser?», le pregunta el hombre cuando se quedan a solas. Mientras ella entra en el cuarto de baño, él observa a su suegro. Se acerca y le toma la mano, conectada a un tubo transparente que se alarga hasta una bolsa colgada, en forma de riñón. Duerme pausadamente. Con su mujer, casi no hablan. Él procura tratarla como siempre, estableciendo un diálogo basado en preguntas prácticas, respuestas breves y prolongados silencios. Le sonríe para animarla, espera a que transcurran los minutos suficientes para no parecer descortés, le da un beso en la frente y le dice que vuelve a casa, que tiene que terminar un informe y que, si necesita algo, no dude en despertarlo a la hora que sea. Una vez en el coche, saca el vibrador de la guantera, lo observa, siente la curiosidad de olerlo y, después de mirar por el retrovisor y comprobar que no viene nadie, lo hace: es inodoro. Fugazmente, se pregunta si no será una broma de alguna compañera de trabajo de su mujer, o un capricho, consecuencia de un impulso, que todavía no ha estrenado. Lo deja sobre el asiento e introduce la llave de contacto. Es consciente de que, lentamente, está pactando consigo mismo, como tantas veces ha hecho con sus clientes. Los pros y los contras se entrecruzan en una rápida negociación: vida sexual insatisfactoria contra estabilidad, estabilidad contra pasión, pasión contra costumbre. La discusión se plantea en unos términos muy razonables. A un nivel más subterráneo, sin embargo, hierven otras sospechas: ¿y si el vibrador es el regalo de un amante que pretende recordarle alguna apasionada y clandestina intimidad? No es la primera vez que piensa en la infidelidad. Es lo bastante inteligente para saber que, si él ha cometido alguna (se siente extrañamente orgulloso de poderlas contar con los dedos de una mano), ella también debe de haberlo hecho. Pero esta compensación nunca la ha admitido del todo y, en el fondo, tiene la vanidad de creer que ella no lo necesita tanto como él. Una vez en casa, coge el vibrador y lo limpia. Se sirve una copa de oporto y remoja en él la punta del vibrador para, a continuación, lamerlo. Ahora ya no está tan seguro de controlar la exposición de los datos del caso. Apura la copa. Se desviste. Se encierra en el dormitorio y se tumba sobre la cama. Oye, en la distancia, un bocinazo largo, grave, probablemente de un camión de gran tonelaje. Cierra los ojos: luces en dirección contraria, adelantamientos temerarios y, de vez en cuando, la imagen de alguien que, desde el arcén y enfundado en un chaleco reflectante, pide ayuda. La punta del vibrador desciende hasta su ombligo. Se da la vuelta. No hay ninguna razón para pensar que está siendo infiel, piensa. Separa las piernas y empuja suavemente, atraído por una mezcla de sorpresa y dolor.

EL JUEGO

La idea es del hijo: se esconderá en el armario y, cuando su padre pase por delante, le dará un susto. La criatura abre las puertas, se instala debajo del estante inferior y, silenciosamente, cierra desde dentro. Al cabo de un rato, oye la voz de su padre. De entrada, lo llama en un tono normal. Luego, le añade una inquietud que va en aumento. Arriba y abajo de la casa, el padre repite el nombre del hijo, cada vez más alto, cada vez más irritado. Cuando, por la proximidad de los pasos y de los gritos, adivina que el padre debe de estar allí mismo, el hijo abre repentinamente las puertas y, divertido, grita: ¡buh! El padre sólo tiene tiempo para verse reflejado en el espejo del armario. Asustado, empalidece, siente una fuerte presión en el pecho, cae de rodillas, pone los ojos en blanco, hace una mueca, se ahoga, se convulsiona, saca baba por la boca y, medio minuto después, está clínicamente muerto. Horrorizado por la reacción de su compañero de juego, el hijo se pone a llorar. Al ver que el cuerpo de su padre no reacciona, se agarra a él con una desesperación que contrasta con la alegría que, hace medio minuto, le iluminaba la mirada. Mientras tanto, y envuelta en unos efectos especiales de alta intensidad lumínica, el alma del padre sale disparada del cuerpo, fffiiiuuu, hacia el cielo. Cuando llega al mostrador de recepción de esta gran superficie, San Pedro lo mira de arriba abajo. «¿Qué desea?», le pregunta. «Volver», responde el alma. San Pedro sonríe. «Todos decís lo mismo», comenta. El alma insiste en lo absurdo de la escena que, hace un rato, acaba de provocar la orfandad de un niño, solo en medio de un pasillo, de una ciudad con altos índices de criminalidad, de un mundo sin piedad. San Pedro no se inmuta. «Haberlo pensado antes de jugar a un juego tan peligroso», dice. El alma apela a la bondad universal y, de un modo voluntariamente retórico, se pregunta cómo es posible ser tan cruel y dejar abandonado a un pobre niño de seis años. Y mientras verbaliza un temor que le sirve para darse cuenta de la gravedad de la situación, enumera los problemas que, si no regresa de inmediato, amenazan a la criatura: fracaso escolar, crisis emocional, dislexia, secuelas de un golpe tan duro que se traducirán, seguro, en aislamiento, violencia, adicciones, psicopatías, traumas, deudas, dudas sobre la identidad sexual, embargos. «¿Le parece justo?», pregunta el alma, consciente del tono que emplea y del riesgo que, dadas las circunstancias, puede acarrear. En un primer momento, San Pedro se encoge de hombros, pero, quizá porque no tiene ninguna otra alma a mano ni demasiadas ganas de trabajar, le dice que vale, que haga el favor de regresar y que, la próxima vez, juegue a cosas más instructivas, como el scrabble, el monopoly, el ahorcado, la rayuela o el tetris. El alma se conmueve. Había oído hablar de la bondad de San Pedro, pero temía que fuera, como tantas otras cosas, una leyenda. Le da las gracias de un modo exagerado, con reverencia incluida, pero, con una leve sonrisa teñida de melancolía, San Pedro le dice que no esté tan contento y que ya se arrepentirá de haber regresado. La vuelta es tan fugaz como la ida: fffiiiuuu. De repente, el alma del padre vuelve a formar parte de un cuerpo sobre el cual, histérico y fuera de sí, llora un niño. El padre siente los latidos de su propio corazón y también los de su hijo, mucho más acelerados. Se abrazan. Se miran. La emoción mutua es la imagen de un equilibrio simétrico. Se levantan. El padre se pone al hijo a hombros y el niño, entre risas, todavía con los ojos entelados de lágrimas, le pregunta: «¿Y ahora a qué jugamos?»

71

EL EXPERIMENTO

Arturo se levanta siempre a la misma hora. No cambia nunca de itinerario para ir al trabajo y cree que la sistematización de las costumbres resulta indispensable para la buena marcha del mundo. Los rituales cotidianos que practica son más la afirmación de una voluntad de orden que la expresión de una personalidad caprichosa. En los últimos meses, no obstante, observa que el respeto por este tipo de códigos (horarios, hábitos dietéticos o indumentarios) es incomprendido por los que le rodean. Sus hijos, por ejemplo, se burlan de él y le comentan que si se refugia en esta rutina es por miedo a enfrentarse a las circunstancias variantes de la vida.

Arturo no discute. Tampoco polemiza cuando su mujer le reprocha una convivencia marcada por la agenda: lunes, televisión; martes, cine; miércoles, supermercado; jueves, televisión; viernes, pista de hielo; sábado, visita a los padres; domingo, misa. Para él, cualquier cambio en el programa supone un contratiempo. Pese a ello, también entiende que, excepcionalmente, hay que adaptarse a los imprevistos. Es más: considera que esa excepcionalidad es el argumento que más refuerza la necesidad del orden como norma.

En el trabajo, Arturo también detecta vientos de cambio. El director, que hasta hace poco elogiaba sus aptitudes y la discreción con que las practicaba, se muestra más atento con los empleados imprevisibles, poco constantes y, según dice últimamente, «creativos». Para Arturo, esta pretendida creatividad maquilla las negligencias con el eufemismo de «iniciativa personal». Quizá sea más excitante trabajar así, pero cuando contrapone a esta tendencia el trabajo discreto y programado, prefiere su camino al de los demás.

Percibe que los valores que siempre ha practicado no están tan bien considerados como antes. No sólo en casa y en el trabajo se empeñan en desacreditar sus métodos, sino que en la pista de hielo o en los periódicos también tropieza, con una frecuencia que va a más, con testimonios que elogian la sumisión al azar como el no va más de la existencia. En las películas y en los programas de televisión, observa que se glorifican el cambio de opinión y la incoherencia emocional. Y se po-

74

tencian los personajes que, abiertamente, admiten haber cambiado de vida sólo porque, un día, mientras desayunaban con la persona con la que llevaban veinte años conviviendo, sintieron la necesidad de largarse, de abandonar el trabajo y, a veces, incluso el país.

A la hora de combatir este proselitismo de la inestabilidad, Arturo se esfuerza para no indignarse: eso equivaldría a mostrar debilidad frente al adversario. Se sorprende de que cada vez sean menos los que se dan cuenta de que la imprevisibilidad no nos traerá nada bueno. Como un híbrido de experimento y de apuesta, decide cambiar ligeramente de costumbres, no por convicción sino para reafirmarse en su actitud, no desde la arbitrariedad sino desde el conocimiento.

Sus hijos, mientras tanto, le repiten: «¿Cómo puedes saber que no vivirás mejor si no lo has probado?» La argumentación, de una inocencia espeluznante, le hace temer que son víctimas de la frivolidad general. No pierde el tiempo en contradecirles, en parte porque los quiere y en parte porque no se ve con ánimos de repetir obviedades, como por ejemplo que tampoco hace falta beber una botella de lejía para saber que hace daño. El experimento empieza el día en el que Arturo cambia determinadas costumbres de una manera lo bastante discreta para no alarmar a los que le rodean.

Primeras medidas: llegar veinte minutos tarde al trabajo, vestido con un jersey informal –verde loro, con el escudo de un club de críquet a la altura del corazón– en lugar de la americana habitual, y, por la noche, cuando estaba previsto que se sentara en el sofá y se dispusiera a ver un par de programas previamente pactados con su mujer, le propone salir a cenar a un tailandés. En ambos casos, tropieza con la incomprensión de los implicados. El director le reprocha el retraso y lo mira de arriba abajo, con expresión de preguntarse dónde se ha visto que él, que toda la vida se ha vestido del mismo modo –dos conjuntos de chaqueta y pantalón idénticos, alternados semanalmente–, aparezca con un jersey de universitario de película inglesa. En cuanto al ofrecimiento de ir al tailandés, ni siquiera merece una respuesta por parte de la mujer. Chasquea la lengua, resopla, se sienta en el sofá, agarra el mando a distancia como si fuera una pistola y dispara, plop, contra la pantalla.

Lejos de desanimarlo, el fracaso motiva a Arturo, precisamente porque le confirma que su actitud habitual es la correcta. Como no le gusta dejar las cosas a medias, una semana más tarde vuelve a las andadas. El día previsto para ir al

76

cine, y sin haber avisado a su mujer, le dice que preferiría quedarse a cenar y probar unas recetas de bacalao que ha recortado del periódico. La sorpresa de la mujer se traduce en una manifiesta contrariedad. No duda en decirle que si el martes tienen pactado ir al cine, ¿por qué demonios cambiar?

Arturo se limita a repetir los argumentos que llevan años diciéndole a él: «A veces conviene cambiar, y aunque se hayan marcado unos objetivos, transgredirlos para sentirnos más vivos.» Su mujer suspira y le dice: «¿Qué hacemos, pues?» Su irritación es tan notoria que él, conmovido, está a punto de abrazarla. Es la reacción que esperaba. Van al cine a ver una película que loa la irresponsabilidad de un padre seductor y ausente. A partir de ese momento, Arturo empieza a detectar que ni el trato que le dispensa su mujer ni el de sus compañeros de trabajo es el mismo de antes. Sólo sus hijos parecen divertirse cuando su madre les cuenta las proposiciones estrafalarias de su padre («Cenar en un tailandés, ¡menudo disparate!»). Pero se trata de una sonrisa efímera, que se disuelve cuando reclaman más dinero de paga o piden permiso para volver a la hora que les dé la gana.

Una noche, mientras Arturo espera que regresen –como siempre, sentado delante de la puerta, contando los minutos que pasan de la hora pactada, repasando mentalmente las estadísticas de accidentes de moto–, empieza a preguntarse si no sería mejor meterse en la cama y dejar de sufrir. Y, ya puestos a introducir cambios «creativos», si no le convendría salir a dar una vuelta. Aprovechando que su mujer duerme profundamente –gracias a una dosis no recetada de Orfidal–, se viste y sale a la calle. Le sorprende el ruido, la intensidad del tráfico y el incivismo generalizado, que se expresa en personas que cantan ruidosamente, aparcamientos inauditos y vómitos y meadas casi en cada esquina.

Al regresar a casa, al alba, abatido por el espectáculo que acaba de presenciar, tropieza con una escena que no había previsto. En la puerta, lo esperan su mujer y sus hijos. Lo abroncan por no haber avisado ni dejado ninguna nota. Él sonríe, orgulloso de la reacción familiar y convencido de que será capaz de explicarles la naturaleza del experimento. Se niegan a escucharlo. Su mujer empieza a llorar con sollozos sincopados y estridentes, y sus hijos lo miran como si fuera un degenerado. Arturo promete recuperar los hábitos de toda la vida. En vano.

Los días siguientes, detecta una especie de conspiración entre sus hijos y su mujer, un intercambio subterráneo de miradas y silencios que parecen confabularse en su contra. En el trabajo, también advierte nuevas caras que entran y salen del despacho del director (entran más caras que salen, y eso le preocupa). Cuando, con toda la prudencia del mundo, pregunta si se están fraguando cambios, le responden que sólo en el departamento de recursos humanos y que no se preocupe. El mismo día, su mujer y el director le dicen: «Tenemos que hablar.» Ambos discursos tienen puntos en común que parecen la repetición del mismo argumento: lo echan porque han observado que se distrae y que ya no muestra la incombustible serenidad de antes. Una serenidad que tampoco era para aplaudir pero que, como mínimo, no obstaculizaba la relación (que el director y su mujer utilicen la misma palabra —«relación»— le parece otro síntoma de la decadencia general).

Arturo no protesta en ninguno de los dos casos. En el fondo, siente que la culpa es suya. No debería haber sucumbido a la tentación del desorden. En casa, acosado por un clima de hostilidad que crece de manera monstruosa, prepara las maletas justo después de haber encontrado una pensión en el otro extremo de la ciudad y de haber tramitado los papeles del paro, sin demasiadas perspectivas de encontrar trabajo. Cuando le llaman para una entrevista, vuelve a ponerse el traje clásico y, aunque le exigen aptitudes tan contradictorias como juventud y experiencia, él insiste en ofrecerles constancia, rigor y responsabilidad. Los que le entrevistan le miran con menosprecio y, aunque no lo digan, él nota que buscan perfiles creativos, inquietos, imprevisibles. No se da por vencido. En la pensión encuentra otro tipo de orden, con menos recursos pero también menos responsabilidades.

El distanciamiento de la familia no le afecta tanto como creía y, tres meses más tarde, ha recuperado buena parte de la autoestima y le parece que ha llegado el momento de no descartar ninguna posibilidad. Como tiene más tiempo libre, aprovecha para leer, visitar la biblioteca del barrio y descubrir algunos ejemplos de personajes –santos, herejes, descubridores de mediterráneos, músicos– que lo fueron repentinamente, después de que un detalle de su vida cambiara el sentido de su existencia. Sin traicionarse, pues, mantiene los rituales de una vida con horarios estrictamente respetados y una concepción rutinaria de los desplazamientos.

Con menos medios, tiene que recurrir a la imaginación para encontrar ocupaciones que no supongan ni gastos ni imprevistos. Si no tiene ninguna entrevista para un trabajo que tampoco le darán, pasa las mañanas en la biblioteca y las tardes en el polideportivo, donde observa las evoluciones de los equipos de voleibol de aficionados del barrio. En la manera de vivir los entrenamientos, Arturo también detecta ese combate entre creatividad e improvisación, constancia y coherencia. Las fuerzas de unos se complementan con el talento de otros, acostumbran a decir los que entienden de eso. A base de observar el juego, Arturo llega a la conclusión de que, estadísticamente, son más fiables la constancia y la previsibilidad que los arrebatos del genio. Eso fortalece todavía más sus principios, aunque por ahora, y circunstancialmente, ya no cierra la puerta a ningún imprevisto que, sin buscarlo, le cambie la vida. Es más: lo desea. Las primeras semanas, con cierta impaciencia. Más adelante, con serenidad. Y con el tiempo y mucha perseverancia consigue que ese deseo se convierta en un hábito.

FICCIÓN

Escribo la historia de un personaje de ficción que, a la hora prevista, aterriza en el aeropuerto. Aviso: no se trata de ninguna aventura espectacular, ni está ambientada en lugares peligrosos (cimas que nadie ha culminado, bosques en los que se pierden excursionistas y los equipos de emergencia que intentan rescatarlos, desiertos con tormentas de arena tan destructivas que ni siquiera los camellos se atreven a adentrarse en ellos, tierras pantanosas, lagos y lodazales en los que se esconden bestias bulímicas, latitudes y longitudes en las que reina una hostilidad parapsicológica jamás explicada por la ciencia). El personaje de ficción sobre el que me apetece escribir no tiene que pasar por ninguna situación delicada. Nadie intenta envenenarle, ni tiene que desenfundar ninguna espada mágica para enfrentarse a un monstruo de siete cabezas o una pistola de rayos láser para aniquilar a un viscoso extraterrestre. Tampoco tiene sangre azul ni pertenece a ninguna logia conspirativa. Cuando pasa el control de pasaportes, no lo entretienen, ni le obligan a desnudarse para averiguar si lleva droga escondida en algún orificio anatómico. No tiene que conocer el secreto de ninguna receta de alquimista para romper un hechizo, ni recordar una contraseña milenaria que debe ser murmurada en etrusco, de cara a La Meca o leyendo a contraluz de una vela un pergamino manchado con tinta simpática. Nada le impide mirarse las sandalias mientras, con la inexpresividad de una maleta, cruza la terminal por un pasillo mecánico que avanza a trompicones. El clima tampoco aporta nada a la narración. En ocasiones, para justificar determinadas conductas de los personajes, las historias incluyen elementos climatológicos de efecto dramático. Si llueve a cántaros, por ejemplo, es previsible que descarrile un tren, o que un barco naufrague, o que el avión, aspirado por una espiral de turbulencias, desaparezca en la pantalla del radar de la torre de control mientras los pasajeros rezan a dioses complementarios. Por la ventanilla del taxi que lo conduce al hotel, el personaje contempla un cielo ni demasiado soleado ni excesivamente encapotado, similar a la ropa que lleva: de entretiempo. El hotel carece del pedigrí arquitectónico y de la clientela bohemia de otros establecimientos del sector. La habitación, el servicio, la presión del agua y la rugosidad de las toallas se enmarcan en eso que, para entendernos, denominamos normalidad. En el vestíbulo, nadie lo confunde con quien no es y, en consecuencia, el malentendido como motor de la narración tampoco viene a cuento. Y cuando, después de haberse cambiado, el hombre sale a dar una vuelta, nadie intenta robarle la cartera, ni, en el momento de pagar, tiene que regatear por unos bongós que tampoco piensa comprar, ni resbala sobre una piel de plátano, ni se golpea la cabeza con el canto de la acera, ni pierde la memoria, ni es blanco de una revelación que le cambia radicalmente la existencia. Las horas que le quedan hasta el momento de acostarse no presentan ninguna incidencia digna de ser comentada y, por tanto, no comentaré ninguna. A la mañana siguiente, después de una ducha y de treinta y tres vigorosas flexiones, el personaje desayuna una combinación nutritivamente equilibrada de lácteos y cereales y aguarda a que empiece una reunión que debe celebrarse en el mismo hotel. A la hora convenida llegan las personas convocadas, entre las que figura una mujer pelirroja y atractiva. En numerosas narraciones, este primer contacto entre personas que no se habían visto antes suele explotarse como la semilla de una relación sexual o sentimental. No es éste el caso. A la mujer pelirroja ni siquiera le pasa remotamente por la cabeza tener nada con el hombre que, por otra parte, se limita a hacerle repetir su apellido, no como una táctica de seducción para prolongar el momento del encuentro, sino porque Jjaäjejr de Frysseux no deja de ser un nombre difícil de captar a la primera. La reunión no trata de ninguna cuestión que no pudiera resolverse con un par de llamadas telefónicas y, como mucho, una videoconferencia. Todos los participantes comparten esa sensación, pero, acostumbrados a no cuestionar las decisiones de empresa, procuran que la reunión sea tal y como mandan los cánones: larga y soporífera. El personaje sale de la reunión con el tiempo suficiente para regresar a la habitación, hacer el equipaje, pedir la cuenta y, en el vestíbulo, esperar el minibús que, cada tres cuartos de hora, sale hacia el aeropuerto. La inquietud de llegar tarde, la tensión de perder un vuelo de vida o muerte, el nerviosismo de quien no podrá llegar a tiempo han inspirado miles de escenas literarias, cinematográficas y televisivas. Eso contrasta con la fluidez de la circulación y con la placidez del personaje que, con la tarjeta de embarque en el bolsillo, incluso tiene tiempo para visitar la tienda de productos libres de impuestos y comprar un peluche y un frasco de colonia Óscar de la Renta. El vuelo podría ser el pretexto para describir una fobia a las alturas, con crisis de angustia aplacadas con hectolitros de alcohol, pero al personaje le gusta tanto volar cuanto más alto mejor, que se entretiene mirando por la ventanilla, estudia la forma de las nubes y se extasía con la geometría de los cultivos y el urbanismo de ciudades en las que, según cuenta el comandante, la temperatura es de 24 grados centígrados. La emoción del regreso a casa también ha inspirado toneladas de lirismo. Las gotas de lluvia en el parabrisas del taxi, la vuelta con rótulos luminosos, detalles que preparan al lector para un desenlace sorprendentemente previsible. En este caso, el personaje conduce su propio coche, que, de manera previsora, dejó aparcado antes de tomar el vuelo de ida y regresa a casa escuchando, como hace siempre, Catalunya Informació. El hecho de que cada cuarto de hora se repitan las noticias, casi idénticas, le proporciona cierto bienestar que él expresa con una sonrisa muy parecida a la de la criatura fotografiada en el NO CORRAS, PAPÁ situado junto al volante. Tampoco se producen incidentes circulatorios dignos de mención: ningún cadáver descuartizado sobre la calzada, ninguna banda de delincuentes disparando sus armas automáticas desde un todoterreno robado, ningún camión cisterna supurando gases tóxicos, ninguna concentración de campesinos indignados. El coche funciona a la perfección y la carretera ofrece el nivel de tráfico idóneo para mantener, por un lado, la ausencia de riesgos, y por otro, la atención de los conductores. El personaje de esta historia tampoco tendrá problemas para aparcar. Su casa tiene dos plazas de parking cubiertas y, cuando llega, no se ha declarado ningún incendio. Allí reina un ambiente de quietud acogedora que, en el momento de introducir la llave en la cerradura, casi le conmueve. Lo reciben su mujer, con una complicidad amable, y su hijo, con el entusiasmo de un niño que espera la llegada del padre y el ritual del regalo. Un peluche, dos besos, y, más tarde, la reclamación de la lectura de un cuento antes de dormir. Entonces, para satisfacerlo, el personaje no se sumerge en la simplicidad del día que acaba de vivir, sino que, para hacer feliz al niño, le habla de altísimos barrancos con pájaros planeando sobre un mar en llamas, verdísimas llanuras por la que cabalgan caballos de anchas pezuñas y crines legendarias, islas tan nítidas como el ektachrome de Kodak y antídotos preparados por alquimistas que salvarán la vida de héroes envenenados. Que el hijo se duerma enseguida no es ninguna ofensa para el padre, más bien la prueba de que la ficción puede llegar a ser el más eficaz de los somníferos.

LA VIDA DULCE

Sentado en un banco de la rambla, cuento las mujeres con las que me gustaría acostarme. No es la primera vez que me entretengo así, pero nunca había anotado en una libreta el resultado de mis observaciones. Cada mujer que sí, un palito. Durante la primera hora, sumo treinta y cuatro. No sé si son muchas o pocas, ni soy capaz de sacar conclusiones estadísticas al respecto. Entre las elegidas hay mujeres rubias y morenas, con mucho y poco pecho, gruesas y delgadas. La primavera, concentrada en el sol que restalla entre las hojas de los plátanos, propicia el uso de una ropa determinante a la hora de añadir, o no, un palito a la lista. Nerviosamente, me aliso el bigote. Me lo empecé a dejar cuando la evidencia de la calvicie ya no podía disimularse ni con movimientos estratégicos de peine ni con remedios de venta por correo. Pese a todo, soy consciente de que no me favorece demasiado y que, a primera vista, ninguna mujer me incluiría en la categoría de hombres con los que acostarse. Para borrar esta convicción, añado un palito a la lista, dedicado ahora a una patinadora que pasa delante de mí. Me la imagino en el dormitorio de un bungalow no durante el acto sexual sino después, exhausta, con los patines todavía puestos –y las ruedas rodando– mientras yo fumo apoyado en el marco de la puerta. Me preocupa que el deseo que me invade no sea tanto de sexo propiamente dicho como de prólogo y de epílogo. Este pensamiento, no obstante, se ve interrumpido por la aparición de una mujer que desciende por la rambla. Su manera de andar, decidida, no sólo resalta la perfección de sus piernas sino también un carácter probablemente intrépido. La coordinación entre los andares y el balanceo del pelo combina con la seda de la blusa y el orden natural del universo. Me levanto. Como quien no quiere la cosa, procuro situarme en su trayectoria e intento cazar su aroma. Inspiro con fuerza, como cuando, en la perfumería familiar, y con los ojos vendados, jugábamos a identificar las muestras. «A un físico así, risueño y desenvuelto, le conviene un aroma intenso pero que no resulte cargante», recomiendo mentalmente imitando el tono experto que, tras olerse la muñeca, solía utilizar mi madre. La mujer pasa.

90

Me parece identificar la fragancia del Dolce Vita, de Christian Dior. Intimidadora, diagnostico. Sin pensármelo dos veces, la sigo para confirmar la hipótesis. Me da la impresión de que es perfectamente consciente de la admiración que despierta, aunque, a diferencia de otras mujeres, no manifiesta ningún fastidio por las miradas de exaltación que provoca. Al contrario: acoge los halagos visuales y verbales con una naturalidad que la embellece todavía más. Las miradas no son únicamente masculinas. Entre las chicas que la miran también hay una que merece ser palito en la lista, y eso provoca que, por un momento, el bolígrafo, la libreta y yo no demos abasto. Al llegar al primer semáforo, la mujer se detiene. Me acerco lo suficiente para confirmar la marca del perfume y es entonces cuando ella me mira, sonríe y pregunta: «¿Gasull?» Hay apellidos que marcan y otros que no tanto. Gasull es de los que no tanto. En el colegio, nadie se burlaba de mi apellido, pero, en silencio, yo envidiaba a los Serrahima, los Barnils, los Farràs, los Argemí, los Sabater, los Subirats, los Vendrell, los Bardagí, los Carandell, los Gavaldà, los Castelli, los Arribas, los Robert. Pronunciado por ella, en cambio, Gasull me suena a música celestial, como cuando, en las películas en versión original subtitulada que dan de madrugada –y que, para combatir el insomnio, tanto me gusta ver–, alguna actriz dice *caro, darling* o *chéri*. Y cuando, después de acercarse y de darme un beso, exclama: «¡Cuánto tiempo!», empiezo a sospechar. A la fuerza tenemos que conocernos, aunque, francamente, no recuerdo de qué. «Soy Pili», dice. El nombre, inesperado, me abre una trampilla bajo los pies. Durante un largo y al mismo tiempo brevísimo momento que confirma la relatividad del tiempo, me deslizo por el tobogán de la memoria. A cada lado de este descenso mental leo carteles que me indican cuánto falta para llegar al objetivo: Pili, 14 años de distancia. No me atrevo a relacionarla con ninguna actividad íntima: lo recordaría. Por el momento, navego por los mares más convencionales de mi biografía: veraneos, trabajos temporales, cursillos, despedidas de soltero, salas de espera, visitas a museos. El perfume me ayuda en la búsqueda y, a la manera de un *alltheweb.com,* desentierra posibles respuestas. Pili, coño. Pili, claro. Pili, por supuesto. Otoño de 1990. Perfumería. Dos escenas en el archivo. Primera: el día en que una representante de Dior entra en la tienda: ding dong; no, mi madre no está; sí, soy su hijo; sí, todo el mundo me lo dice; ha salido a hacer una gestión; ¿prefieres volver otro día o esperarla aquí? El diálogo conserva la pobreza del original. La imagen, en cambio, es defectuosa, como en esos rollos de película de los que, al cabo de los años, sólo se puede salvar la banda sonora, dañada y crepitante. Pese al esfuerzo de concentración, no consigo reconstruir la secuencia que me lleva hasta la segunda escena, tanto o más borrosa que la anterior. Un hotel; una cama; una mujer que, con una dulzura que a duras penas disimula la contrariedad, susurra: «No te preocupes»; un cigarrillo que, mientras permanezco en silencio, ella fuma apoyada en el marco de la puerta del cuarto de baño; la tensión del silencio; un segundo intento, que también fracasa; el orgullo, más que herido, descuartizado por una frase compasiva: «No pasa nada.» Con una delicadeza que le agradezco, Pili no me dice nada de aquella tarde. Me pregunta por mi madre, por la perfumería y me dice que me ve muy cambiado. «Antes tenía pelo», le digo mientras procuro estrenar mi nueva faceta de calvo que ya no niega la evidencia. «Me gustas más así», responde ella. Con las manos crispadas en los bolsillos, escondo la libreta. «¿Tomamos un café?», pregunta. Respondo una especie de «sí» que se me traba entre los dientes y elegimos un local con unos camareros que, por su modo de servir, deben de haber encontrado trabajo no porque tengan ninguna vocación, sino porque el anuncio decía: «Se ruega buena presencia.» Me mantengo a la defensiva. De cerca, su sonrisa ya no parece tan luminosa. Me esfuerzo por creer que no es tan atractiva, pero es inútil: la incluiría –igual que a la camarera que nos toma nota– en la lista sin dudarlo. En un tiempo récord, Pili resume todo lo que le ha ocurrido desde la última vez que nos vimos. Dudo si explicarle que traspasamos la tienda y que, cuando voy a visitarla a la residencia, mi madre me confunde con el cardenal Jubany. Finalmente, opto por responder tan vagamente como puedo a las preguntas que me formula. No, no estoy casado. Sí, vivo solo. Sí, trabajo por mi cuenta. No, nada que ver con los perfumes. La información que circula a través del silencio que se instala entre nosotros me incomoda. Cuando empezamos a no tener nada que decirnos, me levanto para pagar. Al salir de la cafetería, intuyo las miradas de los hombres, no sólo dirigidas a Pili sino también a mí. Hacía mucho tiempo que no experimentaba esta sensación. Una vez en la calle, me besa en los labios y me dice: «Ya nos veremos.» «Sí», contesto con una sonrisa inexpresiva. Cruza la calle y vuelve a situarse en el paseo central de la rambla. Se da la vuelta para ver si la estoy mirando. Mueve la mano, como una novia de andén de estación, y le digo adiós, esta vez con una expresión menos rígida, casi humana. Entonces, ella levanta la cabeza, retoma el ritmo en el paso y la decisión en los andares, acepta encanta-

da un par de miradas más lúbricas que admirati-
vas, sonríe para coger al vuelo el piropo que le
lanza el conductor de una furgoneta, y se pierde
entre el río de gente. Sin saber qué hacer, me siento en un banco y me seco el sudor de la frente.
Saco la libreta del bolsillo. Miro a mi alrededor.
Una pareja. Una monja. Un indigente. Todavía
noto, incrustadas en las paredes de las fosas nasales, el aroma del Dolce Vita y no puedo evitar
–ahora perfectamente– recordar el cuerpo de Pili,
las pecas de Pili, el entusiasmo de Pili, la habitación del hotel y los intentos generosamente apa-
sionados de estimularme. Entonces me dio miedo. Catorce años más tarde, todavía me lo da.
Arranco la lista de mujeres con las que, hasta hace
un rato, me gustaría haberme acostado, y empiezo a romperla en pedacitos muy pequeños y los
dejo caer al suelo, lentamente, como si fuesen
confetis de una fiesta suspendida en el último
momento.

UNA FOTOGRAFÍA

En este lugar sin sombras ni horizonte todos hablan un idioma distinto y, sin embargo, se entienden. La primera impresión es que nadie trabaja, quizá porque no lo necesitan. Todos pasean, sonríen, se miran los anillos, se lamentan o reflexionan sobre cómo podría haber sido todo si todavía estuvieran a tiempo. Hasta ahora nadie me ha sabido decir nada de A. Cuando les muestro la fotografía en la que aparece montando un poni, dos años antes del accidente, me felicitan por tener un hijo así, pero nadie lo conoce ni lo ha visto nunca. Estoy impaciente: ahora que he acortado la distancia que nos separaba, me asusta no encontrarlo. Que la vida sin él no vale la pena he tenido demasiado tiempo para comprobarlo. Ahora, en cambio, me doy cuenta de que permanecer aquí sin él sería todavía peor. Por eso insisto hasta que, de tanto manosear la fotografía, se han ido borrando unos rasgos que, a estas alturas, ya deben de haber cambiado. Desde mi llegada, no he visto ni cementerios ni chimeneas. Aquí nunca se hace de noche y el sol tampoco sale, de manera que no sé si el tiempo avanza, retrocede o se estanca. Eso explicaría que aún no lo haya encontrado: quizá tenemos calendarios y relojes diferentes. Quiero creer que, cuando me vea, de entrada se llevará una sorpresa y que, superado el primer impacto, la alegría de volver a vernos será más fuerte que el dolor de imaginar todo lo que he tenido que hacer para llegar hasta aquí.

DESTINATARIOS

Envío sobres vacíos a gente que no conozco. Hace tiempo me gustaba llamar por teléfono a un número cualquiera, hasta que me harté. La satisfacción que proporciona escuchar una voz lejana que descuelga el teléfono a medianoche se desvanece demasiado deprisa. Insisto: prefiero los sobres vacíos. Escribo el nombre del destinatario a máquina o a mano, depende de lo que me inspire. La forma, el tamaño y el tipo de sobre varían en función de su identidad. Cada nombre, elegido al azar en una guía telefónica, me lleva a tomar una u otra decisión. Si, pongamos, selecciono a alguien que se llama Sampedro Vílchez, enseguida intuyo que el sobre debe ser acolchado, con las señas escritas a mano, con rotulador negro y en mayúsculas. Para una empresa llamada Muebles Ventura, en cambio, elegiría un sobre rectangular de ventanilla y la dirección la escribiría en la carta y a máquina. Me gustan las direcciones largas: avenidas con nombre de general, polígonos, urbanizaciones, números dobles de edificios, escaleras, pisos y, al final, la contraseña del código postal. Nunca pongo remitente. Al principio me sentí tentado de inventarme correspondencias misteriosas entre personas elegidas al azar. Pero ese juego no se adaptaba a mi propósito: provocar un momento de duda y conseguir que, durante unos minutos o unas horas, la persona que acaba de recibir el sobre se pregunte quién demonios debe de habérselo enviado y por qué. No perjudico a nadie y no puedo considerarme un psicópata. En la televisión hablan constantemente de gente que colecciona cadáveres de insectos o espía a sus vecinas con un telescopio, por no hablar de los que asesinan, secuestran o extorsionan. Lo mío es, si me apuran, una manía. Me gusta imaginar a alguien sin respuestas ante un sobre vacío. Yo tampoco tengo respuestas. Hace diez días pensé que sería buena idea enviarme uno a mí mismo. La elección no fue fácil. Al final, opté por uno de invitación, con papel bueno y pestaña ancha. En el momento de cerrarlo, mientras lamía suavemente la zona de cola azucarada, sentí un escalofrío que interpreté como de esperanza de volver a verlo. La dirección la escribí a mano y, en el momento de dejarlo caer en el buzón, intuí que, durante el trayecto que separa la condición de remitente de la de destinatario, el sobre se llenaría y me sorprendería con un contenido imprevisto. Contrariamente a lo que había pronosticado, el sobre no llega. Llevo días esperando al cartero. Cuando entra en mi escalera intento que no se me note la inquietud de ver que hoy tampoco no trae ningún sobre vacío para mí (y me importan un bledo los secretos de los otros que lleva). Supongo que se habrá perdido, o que quizá alguien ha sentido la curiosidad de abrirlo, y vuelvo a casa un poco inquieto, malhumorado, indignado por la negligencia del servicio de correos.

LA VIRGEN ESTÁ LAVANDO

La sala de actos de la escuela está llena a rebosar. Los padres, más nerviosos que los hijos, mantienen una actitud expectante. A la mayoría no les iba bien venir, pero el sentido de la responsabilidad les hace exagerar una ilusión que sólo sienten en parte. En el escenario, los alumnos de P3, acicalados y peinados, cantan un villancico con la indisciplina propia de los tres años. Todo el mundo sonríe. Hay sonrisas felices, exageradas, tristes, conmovidas, compasivas y crispadas, como la de Enrique, que, en la segunda fila, se seca el sudor de la frente. Hace unas semanas que su hija Clara empezó el primer curso de escuela y él todavía no se ha adaptado a este tipo de actividades. Cada tarde, cuando acude a buscarla, procura no relacionarse con los otros padres. Mientras suenan los villancicos, la prohibición de fumar pone nervioso a Enrique. Necesita encender un cigarrillo con

103

urgencia y no puede dejar de mirar el reloj, como si ese gesto contribuyera a que el tiempo transcurra más deprisa. La primera parte del concierto termina después de que hayan desfilado pastorcillos, abetos, montañas nevadas, santos, peces que beben y beben, borriquitos caminos de Belén, campanas sobre campanas, vírgenes que están lavando y burritos sabaneros. Clara apenas ha cantado: parecía demasiado ocupada mirando a los demás niños con sorpresa y admiración. Todo el mundo les ha aplaudido, incluso Enrique, con las manos sudorosas y el corazón desbocado. Pese a que, por cortesía, debería haberse quedado a escuchar las canciones de las otras clases, ha salido al patio. Casi sin pausa entre calada y calada, ha fumado dos cigarrillos. Después de media hora durante la cual se han sucedido los aplausos, Enrique se ha situado en la puerta de la clase. Tenía que recoger la bolsa y la ropa de la niña, desearle felices fiestas a la profesora y largarse. Luego, quince días sin escuela y la dificultad de combinar la paternidad con un trabajo autónomo e intermitente. En la puerta, empiezan a llegar otros padres. Enrique sólo los conoce de una reunión en la que no abrió la boca. Recuerda que le temblaban los párpados y que sufría porque había dejado a Clara con una canguro mascadora de chicle, o sea: poco de fiar. Sin prestarle demasiada

104

atención escuchó el discurso de la profesora y regresó rápidamente a casa. La canguro estaba tumbada y dormida en el sofá con la niña en brazos y una burbuja de chicle aplastada en la punta de la nariz, forrándole el piercing. Enrique no dijo nada. Las despertó, pagó a la canguro y llevó a Clara a la cama.

Precedidos por una oleada de alborotamiento y euforia, los niños entran en la clase. El barullo se multiplica. Enrique consigue sonreír a otros padres y acariciar la cabeza de los críos que corren entre sillas, anoracs, mesas y mochilas. No recuerda que, de pequeño, los padres lo trataran con esta simpatía y atención exageradas. Intenta localizar a la profesora, recoge el abrigo y la bolsa llevando a la niña a hombros. Se abre paso, se excusa y se despide hasta después de fiestas. Antes de salir, justo cuando está cruzando el patio, se encuentra con un hombre alto que lleva, además de una chaqueta de piel de calidad, gafas de sol. Se detiene. Se miran. El hombre se quita las gafas, abre los brazos, sonríe y le pregunta: «¿Ya no saludamos?» Se produce un paréntesis incómodo, durante el cual Enrique no sabe qué decir. «¿Es tu hija?», pregunta el hombre. «Sí», responde Enrique. «Yo tengo mellizas», dice el hombre de la chaqueta de piel. «Ah», dice Enrique. El diálogo no es nada fluido. Si fuera un partido de ping-pong, correspondería a un jugador bueno y a otro muy malo: cada vez que el bueno intenta iniciar la jugada, el malo falla y la pelota cae rodando por el suelo. Ambos intercambian frases de compromiso y tardan dos minutos en darse cuenta de que la conversación es estéril. Se despiden. La niña sigue sonriendo. Enrique le da un beso y, agarrada a un biberón de zumo de melocotón, la instala en la silla del coche, trabada por el cinturón de seguridad. Por el retrovisor, puede verse a sí mismo, nervioso, afectado por el encuentro con el hombre de las gafas de sol. Recuerda cuando, hace años, se veían casi a diario. Cómo, a veces, lo había esperado durante horas. Cómo lo había buscado desesperadamente, días laborables, festivos, Navidad, Año Nuevo, Corpus y San Esteban. Tenía todos sus números de teléfono. Lo llamaba a todas horas. Y, una vez en su casa, siempre se sentía en inferioridad de condiciones, intentando arrancarle una sonrisa o iniciar una conversación que a duras penas servía para rellenar los minutos que tardaba en preparar la dosis. En los primeros tiempos, el hombre dejaba que Enrique se chutara en su casa. Más adelante, ni siquiera lo dejaba entrar y le entregaba la mercancía con la puerta entreabierta, protegida por una cadena y un perro con malas pulgas. En las sienes, Enrique siente el mismo tam-tam de entonces: la llamada

106

de la selva, una tribu de hechiceros invocando descalabros emocionales alrededor de hogueras en las que arden puertas por las que uno puede huir con excesiva facilidad. El calendario de aquella época es un rompecabezas que la memoria no ha logrado recomponer. Los nombres de los días y de los meses se mezclaban para engendrar espacios de tiempo mutantes, como domartes o juliembre. Fueron unos años de largas ausencias. Enrique entraba elegante y sobrio y regresaba devastado, muy lejos de casa, llevando una ropa extrañísima que no había comprado y zapatillas de deportes permanentemente húmedas. Ni todo el dolor, ni todos los problemas que llegaron después (los periodos de encierro y recuperación en instituciones en las que todo el mundo se abrazaba obsesivamente –desde entonces no ha vuelto a abrazar a nadie–, las semanas de arrepentimiento, las recaídas, cada vez más intensas, las crisis estomacales, la huella de los excesos en la dentadura...), han conseguido hacerle olvidar el material que le vendía el hombre de las gafas de sol. Desde que nació Clara, Enrique sabe que no volverá a vivir nada igual. Ahora que ya no puede elegir, no quiere recaer. Es un propósito tan firme como absurdo, una decisión de la que él mismo discrepa y que, pese a eso, le permite seguir adelante, aunque, a menudo, seguir adelante le parezca más humillante que plantarse o volver atrás. Se concentra en la niña porque no se fía de sí mismo. Tiene la impresión de haber sustituido la dependencia de la droga por otra dependencia: Clara; aunque enseguida se horroriza de haber tenido ese pensamiento. Ahora, por el retrovisor, mira cómo la niña duerme, con las mejillas enrojecidas por las emociones de un día movido, agotada después de una jornada que, como tantos otros padres, Enrique debería haber fotografiado o filmado. «La próxima fiesta, lo haré», piensa. Pone la llave de contacto, primera, oye cómo las ruedas se agarran al asfalto y se aleja tarareando con un ritmo acelerado y obesivo: beben y beben y vuelven a beber.

ESCABECHE

Me despierto con unas ganas tremendas de llorar, pero como tengo mucho trabajo decido que ya lloraré más tarde. Salgo hacia la oficina y llego justo a tiempo para la primera reunión del día. Mientras la directora general lee un informe sobre el aumento de costes y el recorte de gastos (o viceversa), dibujo una hoz y un martillo en un bloc de notas. En el estómago sigo sintiendo una bolsa de lágrimas que, tarde o temprano, tendré que reventar. Una vez en mi despacho, les aprieto las tuercas a mis proveedores y reviso los escandallos. A las dos me pongo la americana y salgo rápidamente para no llegar tarde a la cita con la tutora de mi hijo. Llego a la escuela al mismo tiempo que mi ex. Durante la entrevista, la tutora se dirige más a mí que a ella, y eso me incomoda, aunque quizá me fijo en este detalle porque no me apetece escuchar lo que me cuenta. El niño tiene problemas, dice. Se distrae constantemente y muerde a las otras niñas, sobre todo a las –la tutora subraya el adjetivo– *subsaharianas.* Me comprometo a tomar medidas, aunque sé perfectamente que si el régimen de visitas dictado por el juez sólo me permite verle un fin de semana sí y otro no, no puedo hacer gran cosa. En el momento de despedirnos, mi ex y yo intentamos concretar un día para hablar del asunto con tranquilidad, pero los dos tenemos prisa y lo despachamos con un «ya nos llamaremos» poco convincente. Pese al colapso circulatorio, llego a tiempo a la presentación de un proyecto para un posible nuevo cliente. Expongo estrategias, despliego gráficos y me esfuerzo por deslumbrar al gerente de la empresa candidata a contratar nuestros servicios, que se lleva, intuyo, una buena impresión. A continuación, mi secretaria me pide consejo. Con un hilo de voz autocompasiva, me comenta que le han hecho una oferta de una multinacional y que está planteándose si es o no la oportunidad idónea para cambiar de aires. Como le deseo lo mejor, le recomiendo que acepte el trabajo. Cuando noto que eso la desconcierta, deduzco que sólo utilizaba esta oferta inexistente para conseguir, a través de mí, un aumento de sueldo. Me decepciona pero me lo callo, porque yo también debo de haberla decepcionado alguna vez. Tomo una pastilla vasodilatadora y, antes de marcharme, hablo por teléfono con mi madre («En lugar de ir el domingo, iré el sábado»), mi hermana («Te he mandado las muestras, pero me falta una que todavía no les ha llegado»), y el buzón de voz del capitán del equipo de fútbol sala de la empresa («Llevaré la pelota»). Al llegar a casa, ceno una lata de atún en escabeche y un yogur. Me tumbo en el sofá durante un rato, calculando cuántas horas faltan para el fin de semana con mi hijo. Me quito la ropa en el dormitorio. Delante del espejo, me pellizco los michelines. Me lavo los dientes y me paso un hilo dental hasta que me sangran las encías. Sentado en la cama, sopeso la posibilidad de masturbarme. Lo dejo para otra ocasión. Después de un momento de duda durante el cual me pregunto si me queda algo por hacer y me respondo que no, apago la luz, me acuesto y empiezo a llorar, con la cabeza contra la almohada, para no molestar a los vecinos.

EL VIAJE

En cada curva, el minibús frena con brusquedad.
Ninguno de los viajeros se sorprende, probablemente porque el paisaje justifica tanto las manio-
bras del conductor como el sufrimiento del vehículo. Los dieciséis asientos están ocupados por
un montón de ex: ex legionarios, ex presos, excom-
batientes, ex drogadictos, ex militantes, ex marinos
mercantes. El maestro con el que tenemos la esperanza de entrevistarnos es la última oportunidad para muchos de los que se acercan a visitarlo.
Vive en lo alto de una montaña, más allá de una
selva y de una extensión de pantanos custodiada
por un ejército de mosquitos. Cuenta la leyenda
que nunca le ha picado ni mordido ningún ani-
mal y que al maestro le basta una mirada para
diagnosticarte el alma. No cura enfermedades,
sólo te indica la salida del laberinto. En mi caso,
para encontrar el camino sé que tendré que cru-

zar zonas muy oscuras, pero, por ahora, me consuela comprobar en los temblores de quienes me acompañan patologías más graves que la mía. El minibús se detiene con un ñec triunfal de la palanca del freno de mano y un suspiro de alivio de las puertas automáticas. Bajamos. El comité de bienvenida está compuesto por dos hombres con actitud de monjes hospitalarios. Sin intercambiar palabra, sólo gestos, nos acompañan hasta un dormitorio que es mitad pesebre, mitad cuartel. Nadie se queja, quizá porque la esperanza soporta cualquier contingencia. Sólo queda tiempo para tumbarse, suspirar, dormirse y esperar a que la noche que nos separa del encuentro con el maestro pase deprisa. Las instrucciones nos fueron dadas antes de emprender el viaje: al alba empezará la rueda de visitas, diez minutos por persona, sin derecho a decir nada ni a exigir otro turno. Cualquier condición habría sido aceptada. El estado emocional de los que hemos llegado hasta aquí es de desesperación activa. Durante la noche, eso se traduce en pesadillas, gritos, sudores fríos y en la agitación de quien despierta en un lugar desconocido y, en vano, busca un cuchillo o una pistola para ahuyentar los insectos de la mente. Cuando sale el sol, el silencio es de supervivencia. Los rostros expresan deseo de curación y contención en la esperanza. En los hombres, el pelo blanco y la

114

alopecia son la prueba de un desajuste temporal: todos somos lo bastante jóvenes para no ser ni canosos ni calvos. En las mujeres, el pasado se concentra en las ojeras y la pérdida de peso. Debe de ser por eso por lo que toleramos la liturgia y la austeridad de un desayuno insulso y escaso. Nadie discute el orden de acceso a la sala del maestro. Instintivamente, la tanda se organiza según la gravedad del caso y me alegra comprobar que, sin habérmelo propuesto, soy el último de la fila. En lugar de liberarme de la espera, cada encuentro con los que me preceden hace más pesado el lastre que me paraliza. Cuando salen, todos ponen cara de haberse iluminado, y algunos incluso parecen más jóvenes. En estas circunstancias, tener sentimientos contradictorios parece una obviedad, y hago un gran esfuerzo para no pensar en nada. Con la mente en blanco, me levanto mecánicamente cuando uno de los monjes me indica que ha llegado el momento. Me fijo en los talones roídos de sus sandalias. Entramos en una sala sin gongs ni humeantes barras de incienso. Tampoco hay sotanas gigantes ni imágenes de ningún mártir colgadas en la pared. Interpreto la idea del maestro: no añadir ningún elemento superfluo y, de este modo, facilitar la intensidad del encuentro. En medio de la sala, el maestro está sentado en una postura que, por pura incultura, relaciono con el budismo. No lleva, sin embargo, ninguna túnica tibetana. Mientras me acerco, recuerdo los episodios de una serie de televisión en la que el maestro era ciego y su discípulo, un karateca huérfano y melancólico, se convertía en sus ojos. Éste no será el caso: los ojos del maestro tienen la intensidad de una cascada. Te limpian con una fuerza que contrasta con la placidez general de su rostro y se te meten muy adentro, como si quisieran corroer, en muy poco tiempo, todas las costras de la existencia. Yo me dejo llevar, como el coche que se desplaza por los raíles de un túnel de lavado. No recuerdo haberme comportado nunca de un modo tan pasivo. Detecto su esfuerzo y la bondad de sus intenciones. A pesar de eso, intuyo —demasiado pronto— que, antes de que pueda ayudarme, yo ya me habré dado cuenta de que no me servirá de nada haber llegado hasta aquí. Este pensamiento me acompaña mientras abandono la sala, y tiene que ver no ya con el aprendizaje de la decepción sino con su evidencia. Por el modo con el que, respetuosamente, el maestro ha bajado su mirada, he interpretado la señal inequívoca del fracaso. Al final incluso me habría gustado reír, pero me he contenido por respeto a la escenografía, tan austera como trascendente. Camino sin prisas, quizá porque sé que, detrás de mí, nadie está esperando. Fuera, el minibús calienta motores. Mientras me acerco, veo las caras de mis compañeros, impacientes por compartir en voz alta la validez de su experiencia. Las puertas se cierran. Nos vamos. De bajada, el camino parece más fácil y el conductor no se pone tan nervioso. No me siento decepcionado. Sopesaba la posibilidad de la decepción y, en consecuencia, no me duele haber fracasado llamando a esta enésima puerta. No me quedan muchas más, lo sé. Al mismo tiempo siento que se apaga la voluntad de salir adelante y que eso no tiene por qué ser forzosamente malo. Del viaje de regreso sólo puedo decir que alguien ha empezado a cantar y que los demás le han imitado, unidos por una melodía de taberna, universal y eufórica. Yo me he mantenido callado. Me habría gustado decirles que, del mismo modo que habría resultado injusto avergonzarse de la tristeza y del pánico que sentíamos en la ida, tampoco deberíamos enorgullecernos del entusiasmo y de la confianza de ahora. Y ha sido entonces cuando me he agarrado a un pensamiento que me ha reconfortado: si sentirse mejor significa cantar así, quizá prefiero seguir como hasta ahora.

EL DESENLACE

1

Mi madre siempre dormía con la ventana abierta. Quizá por eso la muerte se la llevó mientras dormía. Aquella noche oí un ruido que sonaba como un presagio y me levanté. Cuando abrí la puerta de su habitación, me sorprendió la cama deshecha y vacía. La cortina, aspirada por la corriente de aire, me absorbió la mirada hasta un paisaje iluminado por una luna llena, a punto de reventar. Enseguida las vi. Mi madre detrás, siguiendo a duras penas los enérgicos pasos de una muerte convencional: con guadaña afilada y capa negra. Me calcé las botas, cogí la escopeta, la cargué y, en pijama, salí a buscarlas. «¡Alto!», grité desde el porche mientras procuraba contener el frío y el miedo. Se dieron la vuelta. Mi madre ponía cara de resignación, una expresión que no cuadraba en absoluto con su carácter, habitualmente optimista. «¡Suéltala o disparo!», amenacé. La muerte sonrió (lo recuerdo porque me sorprendió que tuviera dientes). Mi madre, en cambio, no reaccionó como yo esperaba. Se llevó un dedo a los labios para pedirme que callara y, en un tono autoritario, me ordenó: «Vuelve a casa, que cogerás frío.» Bajé el cañón de la escopeta y las vi alejarse cada vez más. Los primeros metros, a mi madre le costaba un poco seguirle el paso. Al cabo de un rato, sin embargo, las dos corrían, casi bailaban, como dos niñas ajenas a los peligros del bosque. Un bosque en el que, todavía hoy, a menudo veo sombras, escucho voces de pesadilla, presencias que no puedo llamar fantasmas porque mi madre me enseñó a no creer en fantasmas. Aunque, a veces, sobre todo cuando bebo demasiado, no sólo los veo sino que los persigo, los insulto y les disparo para que se marchen.

2

La enfermera que cuida a mi padre me llama por teléfono para decirme que debería acudir enseguida. «Es urgente», añade. Veinte minutos más tarde estoy junto a mi padre. Le cojo la mano. Me impresionan la frialdad de sus dedos y la textura de su piel, puro papel de lija. Respira agitadamente y tiene una mirada de espanto enmarcada por unas ojeras de vampiro y unas cejas despeinadas. La enfermera recomienda avisar a una ambulancia. Por la manera como él me aprieta la mano, deduzco que prefiere que no lo haga. Le pregunto si le duele algo y responde con un movimiento de cabeza de negación rotunda, como si, por ahora, el dolor fuera lo que menos le preocupara. Hace tiempo que el médico nos dice que el desenlace puede producirse en cualquier momento y que ingresarlo de manera preventiva podría empeorar la situación en lugar de mejorarla. «Desenlace» es el eufemismo que utilizamos para referirnos a la muerte y, como llevamos tanto tiempo hablando así, ya no me resulta tan ridículo como al principio. Con las pocas fuerzas que le quedan, mi padre me tira hacia él y, al oído –y con una voz que parece salirle del fondo de los pulmones–, me susurra que tiene que decirme algo importante y que, por favor, cierre la puerta. Le pido a la enfermera que nos deje solos. Mi padre se incorpora un poco y me pide agua. Me doy cuenta de que tiene unos pelos enormes en las fosas nasales y en las orejas, y el pijama manchado, probablemente de sopa.

–¿Qué se ha dicho siempre de los icebergs? –me pregunta.

Suspiro. Creía que quería hablarme de la muerte, o darme un último consejo, o confesarme algún secreto relacionado con mi madre, algún hijo ilegítimo o el testamento. No esperaba una nueva elucubración sobre la materia, el espacio o cualquiera de las obsesiones que, desde que dejó el trabajo, le han mantenido ocupado. Le miro con compasión, sonrío, pero él sigue alterado y espera, impaciente, mi respuesta:

–¿Que los icebergs sólo muestran una parte de lo que son? –le digo con un tono de alumno aplicado.

–Exacto –responde.

–Que esconden nueve décimas partes de su volumen –continúo.

–Eso mismo –dice.

Ignoro adónde quiere ir a parar.

–¿Y? –le pregunto.

Es una pregunta retórica, una referencia de complicidad, un homenaje a la manera como, desde siempre, me ha enseñado a pensar. Durante años, cuando le contaba cualquier cosa –de niño, con entusiasmo o inquietud; de adolescente, con pesadumbre o prudencia; de adulto, con indignación o arrogancia–, él solía mirarme fijamente a los ojos y preguntarme:

–¿Y?

En función de la circunstancia, aquel «¿Y?» rebozado de autoridad pedagógica resolvía casi todas las dudas. Si la pregunta era temerosa, relativizaba los peligros y me indicaba que debía perseverar y no amedrentarme ante los obstáculos. Si la pregunta era presuntuosa, me hacía volver a la realidad y darme cuenta de que sólo había descubierto una ínfima parte de una respuesta global que requería mucho tiempo, esfuerzo y reflexión. El «¿Y?», pues, era una clave privada y, ahora, pronunciada por mí en esta habitación que huele a cerrado, suena como una impertinencia. Mi padre no capta la referencia a nuestro pasado y eso me preocupa. La dificultad para respirar y la angustia que transmite su mirada me obligan a tomarme seriamente el diálogo que él intenta llevar a cabo hacia un objetivo que desconozco.

—Creo que muchos icebergs no esconden nueve décimas partes y que ésta es una premisa falsa, que hemos dado por buena por pereza, porque nunca nos hemos tomado la molestia de comprobar si, efectivamente, todos los icebergs siempre esconden nueve décimas partes de su materia —dice finalmente.

Sonrío. Por un lado para intentar tranquilizarlo; por otro, para tranquilizarme yo. No sé qué decirle. Gano tiempo cogiéndole la mano mientras busco palabras que, estoy seguro, no estarán a la altura de su inquietud. Cuando empiezo a encontrarlas, siento que se crispa, que la respiración se apaga y que, de repente, toda la fuerza que procuraba acumular desemboca en una larga inspiración. No aviso a la enfermera. Sé que está muerto, aunque actúo como si todavía fuera un enfermo. Sigo acariciándole la mano y puedo sentir cómo sus dedos, que ya estaban fríos, se enfrían aún más. Lo peino un poco. El dolor que siento no tiene nada que ver con ningún dolor anterior. No me puedo mover. Me gustaría avisar a la enfermera pero me temo que, si abro la boca, vomitaré. Me da la impresión de que le debo a mi padre una reacción tan serena como la que tuvo él cuando murió mi madre. Espanto los recuerdos de aquel momento porque sospecho que no seré capaz de resistirlos y que, aquí y ahora, me conviene acumular fuerzas y no debilitarme. Cuando intento moverlas, las piernas no me responden. A pesar de todo, me incorporo un poco y, con la ayuda del respaldo de la silla, consigo ponerme en pie. El dolor continúa, pero, por ahora, no se manifiesta exteriormente. Miro a mi padre. Los músculos faciales parecen haberse liberado de la tensión que los corroía cuando he llegado. Coincidiendo con el primer sollozo –una exhalación de tristeza que me explota en la boca por sorpresa–, empiezo a pensar que he llegado a tiempo, y este pensamiento inicia una larga caravana de razonamientos que intentan aplacar la parte más dura del duelo. Mientras lloro –ahora sin control ni contención, con una intensidad que me hace sentir una vergüenza infinita–, pienso que soy un iceberg a la deriva y que ojalá tuviera nueve décimas partes de materia debajo de mí.

LA EXCURSIÓN

Nunca olvidaré el día en que mi padre me llevó a ver el Conflicto Generacional. Yo tenía trece años y ningún mal recuerdo, en buena parte gracias a las atenciones y al carácter de mis padres. Una semana antes de la excursión, hablamos del viaje durante la comida y revisamos el día y la hora de salida. La noche antes, dormí poco y mal, asaltado por la presencia de un fenómeno del que no existían imágenes de vídeo, ni fotografías, sólo las referencias y explícitos silencios de los que ya lo habían visto. El camino de ida fue una auténtica fiesta. Mi padre me contaba anécdotas de su trabajo o de la guerra, cantaba e imitaba a los artistas y deportistas más importantes del momento. Yo sonreía, consciente de que aquella alegría compartida tenía que ser, a la fuerza, el presagio de algo. El paisaje, que hasta entonces no había sido muy distinto al que yo conocía —agaves, palmeras bordes, polvo, edificios ocupados y extensiones de uralita–, se volvió más árido, con kilómetros de llanuras semidesiertas y un horizonte de irregulares jorobas. Al final de una larga curva, empezó la ascensión. Al llegar arriba, mi padre detuvo el coche en un enorme descampado y me dijo que bajara. «Continuaremos a pie», dijo. Lo seguí. En el suelo había marcado una especie de camino en el que no encontramos a nadie. De vez en cuando, un letrero escrito a mano señalaba la proximidad del objetivo. Había una barandilla, una fuente sin agua y un banco. Nos sentamos. El Conflicto empezaba un metro más allá, con un barranco que daba a un espacio visualmente vulgar pero que producía una inabarcable sensación de angustia, devastación y resentimiento. Estuvimos allí mucho rato, en silencio, y, al final, mi padre me dio un par de afectuosas palmadas en el hombro y me dijo: «Vamos. Ahora ya lo has visto.» Durante el regreso, puso la radio y escuchamos los 40 principales. En la gasolinera en la que nos detuvimos me fijé en una chica que mascaba chicle. Al llegar a casa yo notaba que algo había cambiado, pero no le daba importancia. En parte, me sentía un poco decepcionado. Mi padre parecía mucho más distante, mi madre mayor, y la altura de los estantes más accesible. No quise ver la televisión en el comedor. En lugar de darles el beso de antes de acostarme, les dije «Buenas noches» con la boca pequeña, como si me avergonzara hacerlo. Antes de cerrar los ojos sentí que mi cerebro iba a mil por hora y que no conseguía ordenar mis pensamientos. A partir de entonces nunca más volví a escuchar cantar a mi padre y empecé a tener malos recuerdos.

PRECISAMENTE HABLÁBAMOS DE TI

El 13 de marzo de 2000, a las tres y media de la tarde, mi mujer me dijo: «Siéntate.» No me miró a los ojos y, como si lo hubiera ensayado, me soltó que quería que nos separásemos, que ya no me quería y que, tan pronto como me fuera posible, me buscara un piso. Quizá porque ya lo veía venir, no intenté defenderme.

Tardé pocos días en encontrar un piso y, no sé por qué, le dije a mi mujer si le apetecía verlo. La portera que nos lo enseñó nos preguntó si era para nosotros y yo respondí que era sólo para mí. Mi mujer me miró con una expresión que ya no arrastraba ni desesperación ni cansancio.

Formalicé el contrato con el administrador y, a continuación, busqué un albañil, un electricista y un pintor. Mientras duraron las obras dormí en el mismo sofá en el que ella me había comunicado que ya no me quería. Fueron días extraños. Procurábamos mostrarnos considerados y, al mismo tiempo, no demasiado afectuosos.

Un día me pidió que fuéramos a comer fuera y acepté. Me preguntó cuándo tenía previsto instalarme en mi nuevo piso. Le respondí que muy pronto y le propuse visitarlo. Fuimos. Elogió el color de la pintura de las paredes y los cuadros colgados y, aunque no me lo dijo, me dio la impresión de que se alegró de que la cama del dormitorio no fuera de matrimonio.

Cuando llegó el momento de despedirnos, se pellizcó el labio entre los dientes y se alisó la camisa con movimientos nerviosos. Recuerdo que, en el piso de al lado, se oyó una canción de cumpleaños y unos aplausos. Ni nos abrazamos ni nos dimos un beso. Le devolví las llaves y le dije que, si necesitaba cualquier cosa, no dudara en llamarme.

Pasaron dos semanas. Yo intentaba acostumbrarme a mi nueva vida. Mis amigos me ofrecían salidas de fin de semana, juergas noctámbulas, ir al cine. Yo me excusaba diciendo que tenía mucho trabajo y no me movía de mi nuevo sofá, más pequeño y de un color más alegre que el de su casa. No veía mucha televisión. Leía los periódicos, me afeitaba muy lentamente y escuchaba la radio.

Un día, en el supermercado, me la encontré. Ella iba con una amiga. «Precisamente hablábamos de ti», me dijo. Parecía más feliz. No sé qué dije pero la hice reír. Quedamos en llamarnos, aunque sin que pareciera un compromiso. Durante unos días, esperé su llamada intentando no ilusionarme demasiado.

No he vuelto a saber nada de ella y me parece que no debo llamarla, porque podría interpretar que la estoy presionando. A veces, me dejo convencer para salir y hablo con gente que no conozco y que me trata con una afectuosidad extraordinaria, como si fuera un náufrago que ha sobrevivido a una dolorosa experiencia.

Hace una semana me compré una camisa y, una vez en casa, en el momento de probármela, se me cayó un botón. «Es una señal», pensé. No me afeito. No cojo el teléfono. Por la manera como suena, pienso que debe de ser ella. Pero si lo cogiera y fuera otra persona, ¿cómo me sentiría? He escuchado en la radio que si te comes un limón sin hacer muecas, todo lo que desees se cumplirá, pero me da miedo probarlo, hacer muecas y que ningún deseo se haga nunca realidad.

ÍNDICE

Presentación: Si te comes el infinito
sin estrellas, por Enrique Vila-Matas . .   7

La otra vida   17

Nuestra guerra   23

Como dos gotas de agua   33

Monovolumen   37

Sangre de nuestra sangre   43

Brindis   49

El pozo   61

Convalecencia   63

El juego   69

El experimento   73

Ficción   83

La vida dulce   89

Una fotografía   97

Destinatarios   99

La Virgen está lavando   103

Escabeche   109

El viaje   113

El desenlace   119

La excursión   125

Precisamente hablábamos de ti   129